FREI BETTO

A ARTE DE SEMEAR ESTRELAS

Rocco

Copyright © 2007 by Frei Betto

Direitos desta edição reservados à
EDITORA ROCCO LTDA.
Rua Evaristo da Veiga, 65 — 11º andar
Passeio Corporate — Torre 1
20031-040 — Rio de Janeiro — RJ
Tel.:(21) 3525-2000 — Fax:(21) 3525-2001
rocco@rocco.com.br|www.rocco.com.br

Printed in Brazil/Impresso no Brasil

Preparação de originais
MARIA HELENA GUIMARÃES PEREIRA

CIP-Brasil. Catalogação na fonte.
Sindicato Nacional dos Editores de Livros, RJ.

B466a	Betto, Frei, 1944- A arte de semear estrelas/ Frei Betto. – Rio de Janeiro: Rocco, 2007. ISBN 978-85-325-2272-6 1. Ficção. I. Título.
07-3795	CDD-869.98 CDU-869.134.3(81)-8

O texto deste livro obedece às normas do
Acordo Ortográfico da Língua Portuguesa.

Para Maria Stella,
vida em minha vida.

Sumário

CANTOS

Alvorecer	11
Promissões	14
Entre fechaduras e rinocerontes	18
Entremeios	21
O tigre	22
Walter, *Angelus Novus*	23
Encaixes	25
Rogação	28
Ele que venha amado	30
Benditezas & Malditezas	33
Quimeras	35
Manual do arrebatamento	37
Gosto de festa	39
Conselho ao intrépido	41
Palpitações	45
Tumbas vivas	48
Proesia	49

ENCANTOS

O (Des)encontro	53
Partida	57

Movimento cíclico	62
Flauta de prata	65
A arte de semear estrelas	66
Elegia à dessisudez	68
Domingo de circo	72
Prece nativa	73
Oração do pássaro	74
Carnaval	75
Retalhos	77

RECANTOS

Minha avó e seus mistérios	85
A bicicleta	88
Saudades	90
Ecologia interior	92
Canteiro de Rosa	95
Interiores	97
Ode a Santiago	99
Memórias de Alice	101
Receita para matar um sem-terra	104
Sequestro da linguagem	106
Minicontos ancestrais	107
Palavra	111
Reality show	114
Fora do corpo	117
A rota do voo	120
Um novo credo	125

*Oh noche que juntaste
Amado con amada,
Amada en el Amado transformada!*

— Juan de la Cruz

CANTOS

ALVORECER

Ele era assim: inundava de perdões o mal querer e de afagos essa sórdida tendência de apostar na desgraça alheia. Era dom e não dor. Punha em prática sábias lições de vida: pão que se guarda endurece o coração; a cabeça pensa onde os pés pisam; o contrário do medo não é a coragem, é a fé.

Segredava aos peregrinos os três aforismos do bem viver: Deus tem sabor de justiça; a vida trafega a bordo do paradoxo; a morte é verbo, não se conjuga no presente, é sempre pretérito ou futuro. Cultivava cada fio de cabelo branco, modelava de gorduras a flacidez das carnes, preservava cioso as rugas que maquiam de sabedoria o rosto. Tratava o semelhante com a reverência dos anjos e lavava as portas da cidade para acolher em festa os que traziam boas-novas.

Violava todas as regras da civilidade torpe que nos engravatam de cabrestos e rasgava as etiquetas que nos fazem perder horas em cuidados supérfluos. Arrancava do pulso as algemas do tempo que nos escraviza ao ritmo implacável de minutos e segundos. Era irresponsavelmente feliz, liberto dessa onipotência que recobre de fúria a excessiva fragilidade. Confessava a si mesmo os pecados e, crucificado num teatro de marionetes, ressuscitava na inocência de crianças que sorriem tangidas de vertigens.

Um dia nomeou para o governo da cidade um cavaleiro que chegou montado num burrico e tinha as mãos calosas como quem cavou as entranhas da terra. Não dava lugar aos príncipes revestidos de palavras vãs, nem punha a confiança nos arautos surdos ao clamor dos desvalidos.

Deixava o corpo flutuar em alturas alucinógenas. Cobria de carícias suas cicatrizes, desvelando histórias e apreendendo, na ponta dos dedos, seu perfil interior. Não recorria ao bisturi das falsas impressões, nem ao espectro da magreza anoréxica. O tempo massageava-lhe os músculos até torná-los rígidos como as delicadezas do espírito. Suspendia todas as flexões, exceto a que se aprende na academia dos místicos. Bebia do próprio poço e abria o coração para o anjo da faxina atirar pela janela as feridas do coração.

Pisava sem sapatos o calor da terra viva. Bailarino ambiental, dançava abraçado à Gaia ao som ardente de canções primevas. Dela recebia o pão e a ela concedia a paz.

Acesas as estrelas, contemplava na penumbra do mistério esse corpo glorioso que se funde ao Universo num sacramento divino. Seu trigo brotava como alimento e suas uvas faziam correr rios de saciedade. Na mesa cósmica, ofertava as primícias de seus sonhos. De mãos vazias, acolhia o corpo do Senhor no cálice de suas carências. Dobrava os joelhos ao milagre da vida e contemplava o rosto divino na face daqueles que nunca souberam que cosmo e cosmético são gregas palavras que deitam raízes na mesma beleza.

Despia os olhos de todos os preconceitos e rogava pela fé acima de todos os preceitos. Como o profeta, tomava assento sob a copa de frondoso cedro e olvidava relâmpagos, trovões, tempestades e abalos sísmicos, até que soprasse a suave brisa da revelação.

Proclamava o silêncio como ato de profunda subversão. Desconectado do mundo, eliminava da alma todos os ruídos que inquietam e, vazio de si, plenificava-se n'Aquele que o envolvia por dentro e por fora, por cima e por baixo. Suspendia da mente a profusão de imagens e represava no mantra o turbilhão de ideias. Privava de sentido as palavras. Absorvido pelo silêncio, apurava os ouvidos para escutar o anúncio do anjo e os olhos para admirar o que tanto extasiou Simeão.

Não mais fazia de seu corpo mero adereço estranho ao espírito. Era uma só unidade, onda e partícula, verso e reverso, anima e animus, yin e yang. Recolhia pelas esquinas todos os corpos indesejados para lavá-los antes que se soltassem de seus casulos e alçassem o voo da eterna idade.

Curava da cegueira os que se miravam no olhar alheio e besuntava de cremes bíblicos o rosto de todos que se julgavam feios, até que neles transparecesse o esplendor da semelhança divina.

Arrancava do chão de ferro os pés congelados da dessolidariedade e fazia vir vento forte aos que temiam o peso das próprias asas.

Fazia do seu corpo hóstia viva; do seu sangue, vinho de alegria. Ébrio de efusões e graças, enlaçava num amplexo cósmico todos os viventes e, no salão brilhante da Via Láctea, valsava até que a música sideral esgotasse a sinfonia escatológica. Na concretude da fé, anunciava aos quatro ventos a certeza de ressurreição da carne e de todo o Universo redimido.

PROMISSÕES

Deixe-me cultivar a criança que me habita, brincar de escorregador no arco-íris, cortar a lua em fatias de queijo e passear de roda-gigante no sol. A vida é breve, os apegos fastidiosos. Desempalhador de pássaros, creio no milagre da ressurreição. Desdenho os sinais de morte, convencido de que a vida extrapola o conceito.

Faço da solidão abrigo, conheço o valor de cada palavra, a importância do recuo para agilizar o salto. Cultivo paradoxos e já não guardo nenhuma certeza, apenas fé. Jamais elevo a voz para impor a minha razão, nem me considero o senhor de todas as verdades. Trago nas dobras da alma a memória dos sofrimentos e contemplo o semelhante com paixão.

Todo fim de tarde, acendo as luzes da cidade, cuido de não apagar as sombras e nem permitir que os ruídos do dia invadam a noite, provocando a desatenção das corujas. Colecionador de memórias, não deixo o tempo volatilizar-se: reinvento o passado disfarçado de futuro, recolho em fotos e pinturas as paisagens do olvido, restauro com cinzel a lembrança dos velhos, e não admito que a nostalgia suprima esperanças.

Não sonego a palavra carregada de afeição, calo ofensas e não me comprazo na desgraça alheia. Precipito o coração em abismos infindos, jamais imprimo arrogância à voz e me curvo solidário a quem padece pequenas desavenças que inflam como grandes problemas.

Alumio de indagações os passos da vida e conservo retalhos de respostas no jardim onde planto escatologias. Nunca desdenho o saber dos pobres, o rumo dos ventos e as manhãs de domingo, confiante de que a existência é pingo de chuva ofertado entre relâmpagos; logo se esvai aquecido pelo sol.

De cima das mangueiras, aplaudo os profetas que entram na cidade disfarçados de mendigos e proferem sentenças contrárias à lógica da guerra; anulam todos os argumentos do desamor e desvelam o rosto cínico de quem faz do poder espelho de irrefreável petulância.

Pinto de cores vivas as borboletas que colorem os céus de meus sonhos, as tartarugas que vencem desapressadas a corrida do tempo, os peixes que jamais tiveram a curiosidade de conhecer a superfície das águas, e as mulas que, no fundo das minas, arrastam cegas o ouro que enche de cobiça os olhos humanos.

Não faço de meu sangue a tinta que registra sentimentos contabilizados. Antes, transubstancio em amor os vínculos de parentesco; em pão e vinho a comida à mesa; em festa o afeto indelével que tece, num fio invisível, a cumplicidade da tribo. Reverencio as mãos da culinária cotidiana, o cheiro do café aromatizando a aurora, a pele do leite despida em nata, o feijão catado como contas de rosário, o arroz refogado na ternura e a calda açucarada da sobremesa farta em suspiros.

Vou ao encontro dos que ousam mergulhar na fonte que trazem dentro de si e deixam-se tragar pelo Inefável, transmutados no ser que de fato são.

Estendo as mãos aos que praguejam sobre o solo árido de suas vidas sem garimpar alegrias, e aos que amarram o espírito em teias de aranha sem se dar conta de que os dias tecem destinos. Também aos que desaprendem o sorriso e abandonam ao desvario a criança que neles reside.

Sou compassivo com os que perambulam às margens da memória e semeiam ódio no quintal da ira. E com aqueles que guardam dinheiro na barriga da alma e penhoram a felicidade em troca de ambições. Mas não suporto os náufragos de lágrimas, cegos aos arquipélagos da ventura, e quem fantasia de asas as próprias garras para voejar em torno do ego.

Repudio alpinistas da prepotência e aqueles que, alheios ao que se passa em volta, ilham-se na indiferença enquanto o mar arde em chamas. Abro o coração aos que escondem o sol no armário, sopram a luz das estrelas e põem espessas cortinas no limiar do horizonte. E aos que nunca tiveram tempo para dançar, ignoram por que os pássaros cantam e jamais escutam um rumor de anjos.

Tenho paciência com os que bordam raivas com agulhas afiadas e desperdiçam palavras no furor de suas emoções; sequestram dignidades e, colecionadores de borboletas, sentem prazer em espetá-las no interior de cavernas escuras.

Evito os faquires da angústia e os que, equilibrados num fio de sal, trafegam por cima de montanhas de açúcar. Também os que jamais dobram os joelhos em reverência aos céus e acreditam que o Universo se inicia e finda neles.

Não dou ouvidos às mulheres que destilam antigos amores em cápsulas de veneno e aos homens que, ao partir, mostram às costas a face diabólica que trazem mascarada sob juras de amor. Presto atenção aos jovens enfermos de velhice precoce e aos velhos que, travestidos de adolescentes, bailam aos desafinados acordes do ridículo. E aos que atravessam o tempo sem se livrar de bagagens inúteis e ainda sonham em ingressar numa nova era sem tornar carne o coração de pedra.

Refreio os meus impulsos perante os que não sabem conjugar os verbos no plural; agendam sentimentos e estão sempre atrasados na vida; mendigam complacência e se prostituem frente à sedução das sereias argentárias.

Saúdo os navegadores cibernéticos, mariposas de noções fragmentadas, amantes virtuais que se entregam, afoitos, ao onanismo eletrônico, digitando a própria solidão. E os poetas que tragam talentos e engolem com sede palavras grávidas de significados.

Desdenho as mulheres que, embelezadas por fora, colecionam vampiros e escorpiões nos lúgubres porões do espírito. E os homens empenhados na desarte de definhar a inteligência, acorrentados ao feixe dos próprios músculos.

Mas ergo um brinde a todos os infelizes, cegos às infinitas possibilidades da luz e das rotas. Sejam todos agraciados pela embriaguez da alegria divina, abertos ao amor que jamais nega água a quem se ajoelha, reverencia ofertoriamente a existência e aprende a impregnar-se do outro.

ENTRE FECHADURAS
E RINOCERONTES

Há em mim uma legião de auroras. Nem sei como nessa alma conturbada floresce tanta luminescência a cegar os olhos do espírito. Talvez seja isso a noite escura cantada agonicamente pelos místicos. Talvez a perfeição do olhar. É como estar sedento frente ao mar. Água, muita água, e no entanto dela não se pode beber. Só contemplar a pele ondulosa do Planeta, essa voracidade oceânica que devora todos os meus sonhos.

Por mais que eu resista, a aluvião me corrói por dentro. Às vezes tenho ganas de descrer de todas as auroras e acreditar que não passam de fogo-fátuo em meu oblíquo horizonte. O mundo lá fora engrenado em suas cobiças, essa luta insana pela sobrevivência animal e eu aqui, no apartamento do Hotel Donatello, em Modena, em pleno abril chuvoso, tentando me abrigar do frio que faz dentro de mim.

Não consigo ver o que os outros enxergam, não consigo rir do que os outros acham graça, não consigo deixar de ser desconfiado, taciturno, porque são muitas as minhas cismas. Por exemplo, coleciono fechaduras e fotos de rinocerontes. Fechaduras, é obvio, servem para fechar, porque o ser humano não suporta a transparência. Precisa sempre se cobrir: de pelo, máscaras, teto, muro, porque a nudez é uma arte que exige talento. Ainda que um homem e uma mulher fiquem sem roupas, trancados num quarto, entregues às infinitas possibilidades do jogo erótico, não significa que estejam nus. Estão despidos. Nudez é outra coisa. É enfiar a faca até o cabo, arrebatar a lua com as mãos, destampar todos os recônditos da alma, os mais obscuros e ínfimos. Se nem suportamos ficar nus diante de nós mesmos, quanto mais diante dos outros! Por isso as fechaduras deveriam estar de língua recolhida, mas quase sempre se projetam interditando-nos.

Por que fotos de rinocerontes? Faz tempo sonhei que eu era um rinoceronte. Locomovia-me com muita dificuldade, a exigir paciência de todos à minha volta. Ao atravessar uma rua, eu me encontrava a meio caminho quando o sinal abria, irritando os motoristas; no cinema, ocupava meia fila de cadeiras; no restaurante, comia metade do bufê.

Gosto das esferas elegíacas. Da arte que não exprime lamento, dos primitivistas que ignoram as formalidades acadêmicas. Sou por eflorescências. Quase toda semana irrompem em mim vulcânicas primaveras. São flores de fogo. Procuro fixá-las em retábulos e, em exercícios espirituais, copiá-las em pergaminhos. Somente flores e borboletas superam as obras-primas da arte universal. Mas não sou dado a caçar borboletas.

Não me agradam as ideias ajaezadas. Prefiro-as despojadas, diretas, translúcidas. Há dias em que me recolho à biblioteca do mosteiro no qual vivo e passo horas a contemplar iluminuras de manuscritos antigos.

Eis que me apareceu em sonhos um homem cujos sapatos tinham bicos finos e longos; na cintura, profusão de laços; as mangas eram tufadas como balões e os punhos, de renda. Estava em pé num salão fechado por cortinas de cores brilhantes, pontilhadas de estrelas de ouro entre espaços vazios cheios de sóis. Em volta, capitéis e um pesado brasonário. E ele sabia que a ataraxia é uma propriedade das mais belas esculturas.

Súbito, começou a dançar em movimentos suaves. Não havia música, apenas uma orquestra invisível de rinocerontes imensos e diminutos, gordos e delgados, altos e baixos, pesados e lépidos. Todos traziam fechaduras em suas patas arredondadas e ao abri--las e fechá-las imprimiam o ritmo que conduzia o dançarino. Acordado do outro lado do sonho, fiquei a me perguntar se tamanha ilogicidade que preside as emanações do inconsciente não seria a verdadeira lógica que a razão tanto teme e repudia.

Só então compreendi por que René Descartes foi encontrado morto na Biblioteca Nacional, em Buenos Aires. Uma fina espátula prateada atravessava-lhe o coração.

Suspeita-se que o assassino chama-se Jorge Luis Borges, mais conhecido pela alcunha de "El Brujo".

Modena, 25 de abril de 2006

ENTREMEIOS

Lúcio era todo entremeios. Buscava o silêncio oculto entre as palavras, a pausa rítmica entre uma e outra nota musical, o hiato entre as lufadas de vento nas folhas do parreiral. Descartava respostas, colecionava abissais interrogações, dado a odisseias. O chão em que pisava era falso de certezas, ladrilhado de dúvidas, plácido como um aquário. Se Deus aparecesse, negava-o; se permanecesse envolto em mistério, aleluia!

Fazia tempo aprendera a pescar o vazio. Para ele o que está dentro é fora e o que está fora é dentro, como nas pinturas matemáticas de Escher. Conhecia cada lado do círculo e, ao anoitecer, retribuía as piscadelas das estrelas e contemplava o Pluriverso. Seu cavalo galopava entre tufos de nuvens e, fazendeiro do ar, criava vacas metafísicas. Se fraquejava, alcançava; se tropeçava, se firmava; se retrocedia, avançava. Sabia abater o orgulho do mar e aplacar a fúria dos vulcões. Por querer tudo, deixava-se atrair pelo nada, e na rota dos humilhados encontrava a exaltação.

Perseguia o que foge, ia devagar por ter pressa, devorava a casca e atirava o fruto às chamas. Toda a madrugada recolhia os sonhos num cesto de vime e, no quintal, dependurava-os no varal da perplexidade e deixava-os secar até se transformarem em realidade. Os pesadelos, triturava-os e dava aos cães. Porém, guardava as quimeras numa caixa de marfim revestida de seda, porque eram preciosas como os anseios que nele palpitavam.

O TIGRE

Sou feito de brocados e rendas. Guardo, sob a cama, um tigre. Quem me visita cobre-se de espantos. Brocados e rendas são finuras. Mas não sou dado a delicadezas. O tigre anda solto pela casa. Trata-se de um animal insaciável, inteligentemente feroz, preciso como a equação de Schrödinger.

Ocorre que sou de insólitas atitudes. Ao despertar, encharco-me de chocolate quente e torradas besuntadas de geleia de damasco. O tigre observa. Antes do almoço, brindo-me com um cálice de Porto e leio os jornais. O tigre observa. Ao entardecer, estiro as pernas num pufe revestido de veludo e ouço óperas. O tigre observa. Faço de conta que o ignoro ali tão próximo de mim, majestosamente sentado no tapete. Mas eu também o observo. Esta a permuta de nosso diálogo mudo. Deixo-o livre e, em troca, ele não arranha meus brocados nem rasga minhas rendas.

De tanto observá-lo, descobri o segredo capaz de explicar por que os tigres se encolhem em gatos. Não posso revelá-lo, mas todos sabemos que os gatos se vestem de rendas e brocados incrustados no porte delicado e altivo de sua soberana independência.

WALTER, *ANGELUS NOVUS*

Recua, recua, não deixes que tuas asas se elevem deste chão, desta matéria, desta realidade, deste imenso campo de Ezequiel no qual os ossos se movem e, rearticulados, erguem-se vitalizados por sangue, músculos e carne. Ainda que tuas asas se abram e teu corpo hirto aspire ao futuro, deixa teu pescoço virar e teus olhos contemplarem o que ficou lá atrás. Ficou Berlim, ficou a Galeria Hans Goltz de Munique, ficou teu amigo Scholem, ficou em mãos de George Bataille teu talismã, a tela de Paul Klee.

Agora tua respiração ofegante exila-se através da noite nos Pireneus; agora tuas mãos se agarram ciosas à maleta trazida de Marselha; agora estás em Port Bou, e aos 48 anos já nada te consola, nem mesmo Baudelaire.

Mas as vozes não se calaram dentro de ti. Reboam altissonantes, e te fazem mirar o que ficou para trás, entender que o passado jamais passa se seguirmos os passos miúdos dos vencidos e, atentos, ouvirmos os seus sussurros.

Estás exausto, esgotado, neste exato momento a Gestapo se aproxima: teu anjo não pode voar para trás nem para frente, apenas para o alto. Tu que és um materialista místico, e recorre à teologia para produzir boa filosofia, num quarto de hotel ingeres a cápsula e voas para cima. São 10 horas da noite de 26 de setembro de 1940.

Todo o teu ser transcende-se, volatiliza-se, esvoaça, mas tuas ideias se confundem com o fulgor das estrelas que chovem meteóricas para ferir e sulcar a terra, semeando indignações e percuciência.

Teu anjo insiste em olhar para trás. E vê o que não vemos, a não ser pelos olhos dele: o vasto campo dos corpos anônimos, dos carpinteiros dos navios de Alexandre Magno, dos ceramistas das catedrais medievais, dos servos de todos os reinos, majestades e potestades. É ali que a história encontra seu berço, seu texto, seu preço. É naqueles corpos esquecidos, oprimidos, esquartejados, vencidos e varridos, que tua memória, como o milagre descrito por Ezequiel, rejunta os fragmentos e refaz o corpo, o corpo da história, o *corpus* denso e irremovível da verdade.

Bem sabes que é preciso a força da embriaguez para levar a cabo uma revolução, pois teu anjo é lúcido e impotente. Impossível retornar ao passado, mas trata de resgatá-lo no presente, ainda que as vítimas prossigam sem redenção, exceto a da memória reverenciadora. Muitos dirão que são conjunturas, sacrifícios inevitáveis, pequenos assassinatos que justificam grandes causas. Mas tu, sentinela da porta do Éden, não permitas que nos deixemos seduzir pelas maçãs rubras que nos são estendidas, perfumadas, por aqueles que, em nome do progresso, preferem cultuar cemitérios.

És tu a luz de nossa razão neste tempo de tanta estultice e irracionalidade. Nele tua obra nos faz querubins, serafins, benjamins.

ENCAIXES

Ah, como todos segredam a si mesmos essa irresistível vocação à loucura! Convidado ao repasto filosófico, revesti-me de racionalidade, malgrado o peso de seus alicerces marmóreos e suas escadas de pedra, sustentadas por grossas colunas em capitel. Senti-me escravizado pelo obsessivo esforço de Sísifo, embora haja momentos em que me surpreenda inebriado pela complexidade de uma equação de mecânica quântica ou pela lógica inexpugnável de um ardoroso jurista no tribunal.

É sabido que a filosofia traz o inefável prazer desse jogo racional que, como as artes de um mágico, produz a ilusão de abarcar o real em sua totalidade. Porém, só há fragmentos. Nem mesmo a soma dos fragmentos resulta na totalidade, como se o real emergisse do encaixe das peças de um quebra-cabeça. Sei que Aristóteles é um fragmento dos fragmentos de Platão, e o que ainda hoje seduz na obra que esculpiram é o salto sobre o espaço aberto da loucura — a cicuta de Sócrates, as utopias de Platão, a ousadia de Aristóteles ao pensar o Impensável, como se o Todo coubesse nos ínfimos neurônios de um cérebro grego.

Não há dúvida de que a visão dos mares levou a Grécia a pretender alcançar a linha do horizonte. Mas o Colosso de Rodes ruiu como um castelo de areia.

Ainda assim, cedi ao convite.

Senti-me intruso naquele trio. Recostado à minha frente, o senhor da razão. Arrancara do Olimpo a prevalência dos deuses. Desafeito a geometrias, justifiquei-me, eu que sou todo ondulações, peixe escorregadio, florescência invernal. Não arrefeci. Fui solícito, embora vestido de interrogações.

Suas mãos gentis estenderam-me o cálice. Aproximei a cicuta das narinas sem tocar os lábios no líquido oleoso e amarelado. Assomou-se-me um odor ácido, cortante. Devolvi-lhe a copa, agradecido. Inundado de sede, Sócrates sorveu-a num único gole. Repôs o cálice sobre a mesa e convidou em seguida aquele que se sentara à sua esquerda e à minha direita, o homem cujos ombros largos lhe imprimiam aspecto de estátua viva. Platão também dispensou a bebida após fitá-la com olhos muitos vivos, luminescentes, auríferos. Compreendi o silêncio que pairava naquela cerimônia do adeus. Indaguei-lhe se chegara a hora. Balançou a cabeça afirmativamente, com a espessa barba a roçar-lhe o peito. Olhou para o céu estrelado e voltou a fitar-me. Em tom desconsolado, confidenciou-me que Sócrates lhe deixara o essencial gravado na memória.

À minha frente, o mestre desatava-se desta vida. Andou em círculos até a dormência lhe tomar os braços e as pernas. A cicuta asfixiava-o. Antes de acostar-se, estendeu o cálice a Aristóteles, sentado à minha esquerda. O filósofo ergueu-o num brinde à vida e agradeceu aos deuses o dom da vida de Sócrates. Observei o mestre ser absorvido serenamente pelo sono eterno.

Entre nós o silêncio adensou-se. Quebrei-o ao indagar de Platão o que de tão precioso Sócrates lhe legara. Após pigarrear, de sua boca brotaram palavras aladas. Discorreu sobre as distintas formas de conhecimento e ressaltou a precedência das virtudes. Refluí meu olhar da abóbada celestial. Recolhido a mim mesmo, reconheci-me nas sombras da caverna.

Minha vida não era outra coisa do que covardemente caminhar à sombra, engolido por refúgios que me protegiam do real. Dado a ilusões, deixava-me seduzir pelas fantasias, pastoreava equinócios e cavalgava alucinações. Aristóteles veio em meu socorro e arrancou-me de etéreos devaneios. Atou-me à lógica, descortinou-me a ética e proclamou que não é a razão especulativa a rainha do saber. É a política, a arte do fazer, algoz de Sócrates e amante infiel de Platão.

Sócrates adormeceu com a cabeça pousada no colo de Platão, enquanto Aristóteles convidou-me a acompanhá-lo pelos bosques do Liceu. Em paga, depositei meu coração sobre a mesa. Antes que o filósofo me exorcizasse de tão profunda ignorância, ponderei-lhe que ainda faltavam muitos séculos para que tamanha sabedoria se incorporasse à cultura.

Amanhecia quando recuei das alamedas arborizadas e, inebriado, deixei a razão submergir no mistério indecifrável da morte. D/amor/te.

ROGAÇÃO

E é um acidente demográfico. Nela a topografia alucina, desenhada em vales, montes, colinas, precipícios e ruínas. No mais recôndito de sua alma ergue-se uma fortaleza. Ali, ela aquece-se de fogo. De cima das muralhas defende-se com flechas e lanças.
    Estrangeira na própria terra, vive exilada de amores. Empanturra-se de carnes gordas e embriaga-se com uma suíte em quatro movimentos. Junto à janela cultiva um pé de imerecências. No outono, colhe aleivosias podres e caçoadas azedas. Seu espírito é um imenso campo árido no qual voejam querubins calcinados pelo sol.
    Ao sopro do vento leste, as folhas dos mangueirais tingem-se de escarlate. Ao amanhecer, E. observa o voo da águia de grandes asas e farta plumagem. Os olhos da ave têm o brilho do topázio. Onde ela pousa, crescem abominações.
    Relâmpagos e raios eletrizam E. por dentro. Refém dos fantasmas que a atordoam, a mudez castra-lhe a voz. Malditas as esperanças ancoradas em falsos oásis! Maldito o canto órfico que incendeia os ouvidos!
    Arranca-me do degredo, ó Deus, e prometo não fazer outra coisa senão colorir borboletas, grita E. Transmuta meu luto em alegria e impede que esses ralos fios de prata se desprendam de minha cabeça. Palmilha de vergonha as veredas nas quais trafego qual sonâmbula. Desperta-me dessa inquietude e poupa-me do

absinto dos incautos. Chama-me pelo nome e livra-me do furacão devastador.

 Então E. descalçará as sandálias de chumbo e arrancará a veste tecida de desolação. Feita a libação, deixará subir de suas entranhas toda a poesia que permanece adormecida. Ao som da cítara, dançará até o alvorecer do seu espírito. Beijos divinos haverão de adoçar-lhe a boca, e ela será nele e ele será nela.

ELE QUE VENHA AMADO

Se Deus quiser entrar na minha vida, que venha amado, disposto a conter as iras do velho Javé e, surrupiado de fadigas, derrame diluvianamente sua misericórdia sobre todos nós, praticantes de pecados inconclusos. Venha patinando pela Via Láctea, sorriso cósmico estampado no rosto, despido como o Menino na manjedoura, mãos livres de cajado e barba feita, a pedir colo a Maria e afago a José.

Traga consigo os eflúvios das bodas de Caná e, a apetitar nossos olhos famintos, guisados de ovelhas e cordeiros acebolados, sêmola com açafrão e ovos batidos com mel e canela. Repita o milagre do vinho a embriagar-nos de mistério, porque núpcias com Deus presente, assim de se deixar até fotografar, anuviam a razão e comovem o coração.

Venha o Deus jardineiro do Éden, babelicamente plural, disposto a fazer de Ló uma estátua de açúcar. E com a harpa de Davi em mãos, salmodie em nossas janelas as saudades da Babilônia e faça correr leite e mel nos regatos de nosso afeto.

Mas saiba ele que repudio o Javé da vingança e não permito que o peso de minhas culpas sirva de pedra angular aos alicerces do inferno. Quero Deus porta-estandarte, Pelé divino driblando as artimanhas do demo, acrobata do grande circo místico. Venha Deus a cavalo, a pé ou andando sobre os mares, mas venha prevenido, arisco e trôpego e, sobretudo, desconfiado, à imagem e semelhança de minha indigência. Então iremos os dois para um canto de esquina e, amigos, dividiremos o pão de nossas confidências. Deus será todo ouvidos e eu, de meus pecados, todo olvido.

Acolherei Deus no meu quintal, lá onde cultivo hortaliças e hipocampos, darei a ele mudas de ora-pro-nóbis, coisa boa de se comer no ensopado de frango. Mostrar-lhe-ei minha coleção de vitupérios e, se quiser, cederei a minha rede para que possa descansar das desditas do mundo. Se se atrever, permitirei que entre em meu quarto e deite-se em minha cama, porque ali cabemos os cinco: minha amada, eu e ele, que são três. Faremos da noite uma indescritível orgia espiritual.

Se Maria vier junto, vou presenteá-la com rendas e bordados trazidos do sertão nordestino, porque isso de aparecer senhora de muitas devoções exige muda frequente de trajes e mantos, além de muita beleza no trato.

Que venha Deus, mas venha amado, pois ando muito carente de dengos divinos. Não pedirei a ele os cedros do Líbano nem o maná do deserto. Quero apenas o pão ázimo, um copo de vinho e uma tigela de azeite de oliva para abrilhantar os cabelos. Entoarei para ele os cantos de Sião e também um samba-canção de Noel. Tocarei pandeiro e bandolim, porque sei das artes divinas: quem pontilha de dourado reluzente o chão escuro do céu e provoca o cintilar de tantas luzes faz mais que uma obra, promove um espetáculo.

Atrairei a ele as cerzideiras de sonhos inconsúteis, os homens que emprenham a terra com sementes de vida, as crianças de todas as idades desditosas de maldades, e todos que decifram nos sons da madrugada o augúrio de promissoras auroras. Também os inválidos de espírito apegados ciosamente a seus objetos de culto, os ensandecidos por seus mudos solilóquios, os enconchavados no solipsismo que os impede de reconhecer a vida como dádiva insossegável.

Farei vir os caçadores de borboletas azuis, artífices de rupestres enigmas, febris conquistadores a cavalgar, solenes, nos campos férteis da condescendência. Também as mulheres dotadas da arte de esculpir a própria beleza que, cheias de encanto, guardam-se no silêncio e caminham com os pés revestidos de delicadeza. E os homens tatuados pela voracidade, a subjetividade densa a se derramar por suas bocas, o gesto aplicado e gentil, o olhar altivo iluminado de modéstia.

Rogarei a Deus abrir os braços aos romeiros da desgraça, peregrinos da indevoção cívica, curvados montanha acima pelo peso de seus egos pedregosos. E aos êmulos descrentes de toda fé, fantasmas ao desabrigo do medo, militantes de causas perdidas, enclausurados no labirinto de suas próprias artimanhas.

Quero Deus em companhia de quem voa sem asas, molda em argila a insensatez e faz dela jarro repleto de sabedoria, e dos que jamais vomitam impropérios porque sabem que as palavras brotam da mesma fonte que abastece o coração de ternura. Quero-o junto dos que sobrevoam abismos e plantam gerânios nos canteiros da alma, vozes altissonantes em desertos da solidão, arautos angélicos cavalgando motos no caminho alucinado de nossas cobiças.

Se Deus quiser entrar em minha vida, que venha sorrateiro, de mansinho, de preferência nos estertores da madrugada, e traga o seu cachimbo da paz, pois os tempos são cáusticos, não quero que corra o risco de levar um tiro na curva da estrada.

BENDITEZAS & MALDITEZAS

Benditos os sentimentos de compaixão, fractais da amizade, fontes de perdão a suscitar espumas, telúricas matérias do fluxo incessante da amorosidade, varinhas de condão da realidade invadindo o desejo.

Malditas as línguas egocêntricas, traiçoeiras, lentes prismáticas de detalhes insignificantes, ouvidos abertos às maledicências apunhaladas pela própria opacidade.

Benditos os sentimentos de oração, joelhos vergados em reverência à luz, solidários à dor alheia, brio de quem se sabe de carne e sopro, como todos os mortais.

Malditas as entranhas enciumadas, a perfídia, o ódio à eflorescência da beleza, a incapacidade de acolher o plural como dádiva singular.

Benditos os anelos de voraz justiça, a magnânima gratuidade, a virtude admirável da dessemelhança, as expressões de súbita incandescência, a alma em perene infância.

Malditas as sentenças de perjúrio, o apego insensato às cavilosas projeções dos dromedários que atropelam a alma, o juízo inflado de si mesmo, o rosto alheio moldurado em espelho, o sopro fétido da presunção.

Benditas a parcimônia, a partilha do pão, o destemor das ideias libertárias, as esperas adventícias, o silêncio centrípeto da meditação, o rumor de fadas afinando a intuição como cordas de um violino.

Malditos os rompantes afiados como faca de extrair vísceras, serrilhadas e pontiagudas, a espetar cada um que se acerca, porco-espinho ferindo a quem o abraça.

Benditos os eflúvios de luminosidade, a vassoura que retira sombras do chão da vida, o barro do qual somos feitos, a soberania do ágape, as partículas elementares dessa existência cuja subsistência se nutre na coexistência.

Malditas as intempéries cavernosas que se escondem nos escaninhos da alma, feras à espreita de abocanhar incautos, proclamas de vingança afixadas na mente desajuizada, e o gosto azedo da fúria.

Benditos os que ousam sair pelas ruas a transpirar bom humor e colecionam no espírito ovelhas voejantes; aspiram o perfume órfão das orquídeas e trazem no peito a intuitiva tatuagem do bem-querer. E também os que se embebedam de clarividência.

Malditos os gestos recheados de indoçuras, as estradas vicinais de lembranças nocivas, os fantasmas entranhados nos labirintos da perfídia, a inarredável atitude de se negar a nascer de novo, as ferrugens de antigas desavenças, a viscosidade das teias impregnadas na memória.

Benditos os que se resguardam em câmaras secretas para reaprender a gostar de si e, diante do espelho, descobrem-se belos na face do próximo; os ébrios de transcendência e os filhos da misericórdia que dormem acobertados pela compaixão. E quem corrige o equívoco do poeta e sabe que o amor não é eterno enquanto dura, mas dura enquanto é terno.

QUIMERAS

Mariondo sofria de gasturas. Uma sensação azeda que lhe aplacava as vísceras quando se defrontava com desejos desmedidos. Com frequência esses desejos lhe assomavam: desfrutar de um harém, bater asas e voar, subtrair do museu a coroa do imperador e reinar absoluto.

De tudo fez para conter-se, de mezinhas a placebos, xaropes e terapias. Submeteu-se até mesmo a um cirurgião da alma. Este mandou que se deitasse, deu-lhe de anestésico uma mistura de guaraná e curare, abriu-lhe o peito, descosturou as nervuras escarlates de seu coração e, com uma finíssima pinça, delicadamente lhe revirou a alma. Disse depois que ela parecia em bom estado. É bem verdade que apresentava manchas claras e escuras. E trazia um reflexo pálido como as almas dos moribundos que se esquecem de morrer. Prescreveu-lhe três remédios: à compulsão priástica de prazer, uma poção de felicidade; ao desejo irrefreável de ter, peregrinar ao mais íntimo de si mesmo; à ambição de poder, lavar os pés de mendigos.

Mariondo é próstico. Nunca segue prescrições. É bem verdade que um pequeno esforço ele fez. Buscou a felicidade na meditação e, ao levitar, um tapete voador arrebatou-o, sequestrando-lhe a imaginação. E ele sabe que a imaginação é a face visível do inconsciente, este infraego que subverte a ética. A imaginação nunca nos abandona. De noite, veste-se de sonhos. Sufocada, explode em pesadelos. De dia, faz-se fantasia. De modo que Mariondo continuou assaltado por mulheres brancas e negras, altas e baixas, gordas e magras. Mas já não colecionava haréns.

Foi também à posse de si mesmo. Andava exilado de si e bem sabia que suas asas não voavam na direção assinalada por seu mapa interior. Por dentro, era feito de vácuos. Sofria de alucinadas vertigens num voo cego entremeado de turbulências. Por vezes desabava e passava dias recolhendo os cacos do que era. Mês passado lhe aconteceu o previsto. No chão encontrou uma lasca pontiaguda de vidro. Era a inveja. Para não se ferir, cuidou de não pegá-la com as mãos. Vestiu luvas de boxe e tentou esmagá-la com um nocaute. As luvas se abriram quais botões de rosa bocejando pétalas. O sangue espirrou. Ainda assim, encontrou o rumo de si mesmo. Encetou a peregrinação. Deambulou solitário pela noite, guiado apenas por um vaga-lume que, vez ou outra, cuspia fagulhas para irritar as trevas.

Saiu à cata de mendigos. Equivocou-se. Julgava-os andrajosos, desabonados, náufragos no oceano fétido de milinsetos afeiçoados à imundície. Encontrou-os senhores de si, desprovidos de ambições desmedidas, entregues a uma atividade honesta, embora desprezados por quase todos. Indagou por que o desprezo, se são inofensivos e socialmente inúteis? Um deles soprou ao seu ouvido: porque não nos move o ouro. Se assim fosse, ainda que criminosos, seríamos aceitos. Mariondo dobrou os joelhos e lavou-lhes os pés.

Só então sua alma tornou-se alva, definitivamente curada.

MANUAL DO ARREBATAMENTO

Todas as manhãs, bem cedo, antes de o orvalho secar em meu jardim de hortênsias, refugio-me num pequeno promontório. Dali, observo o mar. Aos primeiros albores ele é chumbo, carregado de uma cor ferruginosa, densa, que o torna ainda mais pesado e indolente. Essa visão me sufoca, quase me asfixia, pois não consigo distinguir o limite entre a água e a terra.

Súbito, o horizonte enrubesce e o mar acorda. Emerge qual dragão prateado. Só então algo acontece dentro de mim. A opacidade do meu espírito se desfaz lentamente, como um suspiro que murcha. A mescla de cores tímidas, cada vez mais nítidas ao alcance de meus olhos, acende brilhos na superfície marítima. Raios de ouro espalham purpurinas sobre a água. É quando a minha respiração ganha compasso. A vida vem, a vida vai, inspiro, expiro, atento à breve e contínua dilatação de minhas narinas. Sou surpreendido pela presença exuberante do mar, ali acordado com o dia à minha frente. Agora ele possui um matiz violeta que, aos poucos, se reveste de azul. E ensaia uma dança suave, ondulando sinuoso sobre o próprio dorso.

O brilho se faz luz e, em mim, as trevas se desvanecem. Fixo-me na paisagem oceânica, finjo ignorar as abelhas que me volteiam intrigadas, deixo-me impregnar pelo perfume das hortênsias. O mar despontou e o dia se dilata em mim. Aos poucos, desato-

-me de um sono conturbado, povoado de pesadelos, e me embebo da paz que me acomete quando fecho os olhos e apago o mar.

    Malgrado tantas auroras, sei que dentro de mim há um oceano vazio, escuro, impenetrável. No entanto, meu destino está traçado: é nele que devo me afogar. Nessa vacuidade só Deus pode servir de tábua a um náufrago como eu.

GOSTO DE FESTA

Faz frio, o vento gelado corta as agulhas dessas montanhas que se desnudam aos meus olhos, sombreando a lendária Ouro Preto. Curvado pela dor nas cadeiras, meu corpo se ressente da friagem como se eu fosse um velho reumático. A coluna rejeita o ímpeto que corre em meu sangue. Talvez seja o efeito dessa sede infinita de Deus que faz rachar meu coração como barro seco queimado pelo sol.

Hoje é sábado, o gosto de festa derrama-se em minha boca, os olhos se apetecem observando os patos deslizarem preguiçosamente no colo da lagoa. Os pássaros divertem-se de árvore em árvore, e a brisa acaricia as flores do jardim. Escrevo envolto pela sonoridade de oboés, fagotes, violinos, cravos, trompetes e flautas, embriagado por concertos que parecem obras de anjos.

Muitas vezes as palavras me são insuficientes. Volatilizado pela fluidez sonora que me impregna os poros, sou tomado por esse silêncio que carrega por dentro o reboar de abismos interiores. Ah, quantos mares temo navegar! Talvez alguém possa levar-me ao âmago de mim mesmo e detonar essa energia acumulada que quase me sufoca.

Sei que não há limites à voracidade do espírito. Quisera poder voar e libertar-me do peso de tantas limitações. Num outro sábado, há muitos anos, eu era um pássaro aprisionado. Dei-me ao luxo de chupar a laranja que guardara da sobremesa do jantar.

Diante da fruta azinhavre, lamentei ter cortado as unhas no dia anterior. Foi mais difícil truncar a casca, rasgar pedaço por pedaço, deixando-a revestida apenas por uma membrana branca. Arranquei cuidadosamente a pele vegetal até vislumbrar os gomos amarelos colados uns aos outros, entre os quais enfiei os polegares pelo polo superior da laranja, de modo a dividi-la ao meio, mas o diabo é que um dos gomos vazou e esguichou um jato de suco bem nas lentes dos meus óculos. Como pequenas doses de uma bebida *on the rocks* chupei gomo a gomo, sem pressa, e descobri que uma simples laranja é capaz de proporcionar a um frade encarcerado, numa noite de sábado, um prazer quase suspeito.

Agora, tenho em mãos a manga de pele pontilhada de verde e dourada como uma pintura impressionista. Rasgo-a, deixo o caldo adocicado escorrer pelos punhos e enfio a boca com telúrica avidez. Saboreio o gosto do céu.

Fazenda do Manso, 1983

CONSELHO AO INTRÉPIDO

Se queres ser feliz, não contabilizes as perdas do ano velho, nem recolhas pedras em tuas aljavas. Coleciona afetos, permite que lagartas se transmutem em borboletas, silencia as palavras sem raízes no coração.

Não sigas os passos dos sonegadores de alvíssaras, mancos de bondade, cegos de sutilezas, ébrios de ambições e medrosos perante a ousadia de viver. Nem te espelhes nos que cercam a alma com arame farpado, abrem com foices os caminhos na vida e, ainda assim, não sabem o rumo a tomar; traçam labirintos em seus mapas imaginários, enfeitam-se com buquês de impropérios e rasgam o ventre da água com os seixos adormecidos no leito de seus pesadelos. Segue o conselho de Ulisses e foge dos que mastigam lótus em busca da amnésia que produz ilusão de felicidade.

Rasga o escafandro dos teus temores, reveste-te de ensolaradas primícias e desdobra a subjetividade, rompe a casca do ego e aprende com os artífices da paz que, entre conflitos, exalam suavidade, não achibatam com a língua a fama alheia, nem naufragam nas próprias feridas. E jamais deixam escapar das mãos as rédeas da paciência e nunca recorrem às esporas da ansiedade.

Abraça os que tecem com o olhar o perfil da alma e, no silêncio dos toques, curam a pele de toda aspereza. Sê portador do ovo de promessas, sem que a ilusão o quebre e, crédulo, dobra os joelhos diante do mistério divino. Identifica as trilhas aventurosas da vida mapeadas na geografia de tua pele e não te envergonhes da topografia disforme de teu corpo.

Abre caminhos com os próprios passos, cultiva em teu canteiro a rosa dos ventos, dá boas-vindas aos que colhem borboletas ao alvorecer e sabem que a beleza é filha do silêncio. Acolhe os que garimpam maiêuticas nos campos da miséria e trazem seus corações robustos de indignação, sem jamais olvidar o semelhante. E também os que, montados na indiferença, atropelam sutilezas, até que a dor lhes abra a porta do amor.

Deixa a chuva embriagar-te, oferta luas à namorada e faz da poesia a tua lógica. Vai ao encontro dos colecionadores de araucárias, que enfeitam de sonhos suas florestas e, na primavera, colhem frutos de plenitude. E dos que brincam de amarelinha ao entardecer e desconfiam dos adultos exilados da alegria. Nas esquinas, distribui aos passantes moedas de sol. E te aparta dos que, ao desjejum, abrem sua caixa de mágoas e recontam uma a uma, gravando no caderno do afeto dívidas e juros.

Caminha sobre tatames; por ter pressa de chegar, jamais corras. E presta socorro aos navegadores solitários, pilotos cegos e peregrinos mancos, que se arrastam pelas trilhas da desesperança.

Ergue teu cálice aos trovadores do inaudito e aos que conhecem o segredo de fazer brotar água de pedra. E olha com suspeita os que mantêm, em cada esquina, oficinas de conserto do mundo, mas desconhecem as ferramentas que arrancam as dobradiças do egoísmo.

Aplaude as bailarinas fantasiadas de anjos que dançam, na ponta dos pés, sobre os anéis de Saturno, e os palhaços que acordam em ti a criança que imprime juízo no adulto. Descobre Deus escondido numa compota de figos em calda ou no vaga-lume que risca um ponto de luz na noite desestrelada. E nos que aprendem a morrer, todos os dias, para os apegos de desimportância e, livres e leves, alçam voo rumo ao oceano da transcendência.

Não plantes corvos nas janelas da alma, nem embebedes o coração de sandice. Cultiva ninhos de pássaros no beiral da saudade, coleciona no espírito aquarelas outonais, trafega pelas vias interiores e não temas as curvas abissais da oração.

Reverencia o silêncio como matéria-prima do amor e arranca das cordas da dor melódicas carícias. Recostado em leitos de hortênsias, borda alfombras de ternura com os delicados fios dos sentimentos.

Traz o embornal repleto de relâmpagos e, no peito, a saudade do futuro. Semeia indignações, mergulha todas as manhãs nas fontes da verdade e, no labirinto da intuição, identifica a porta que os sentidos não veem e a razão não alcança.

Recolhe cacos de mágoas pelas ruas, a fim de atirá-los no lixo do olvido, e guarda recatados os olhos no recanto da sobriedade. Pula corda com a linha do horizonte e dá as mãos aos que suprimem a letra erre do verbo armar e se recusam a ser reféns do pessimismo.

Sê condescendente com os que fazem do estrume adubo de seu canteiro de lírios, e também com os poetas sem poemas, os músicos sem melodias, os pintores sem cores e os escritores sem palavras. E com os que jamais encontraram a pessoa a quem declarar todo o amor que os fecunda em gravidez inefável.

Proclama tua cumplicidade com os navegadores de transcendência e os filhos da misericórdia que dormem acobertados pela compaixão. E com todos que contemplam ociosos o entardecer, observando como o Menino entra na boca da noite montado em seu monociclo solar.

Não te deixes seduzir pelo perfume das alturas, nem escales os picos em que os abutres chocam ovos. Senta-te à mesa dos que destelham os tetos da ambição e edificam suas casas em torno da cozinha.

No leito de núpcias, promove despudorada liturgia eucarística, transubstancia o corpo em copo inundado do vinho embriagador da perda de si no outro. Reparte Deus em fatias de pão e convoca os famélicos à mesa feita com madeira de lei e coberta por toalha bordada de cumplicidades. Seca lágrimas no consolo da fé e planta no chão em que pisas as sementes do porvir. E cria hipocampos em aquários de mistério e guarda o segredo da geometria da quadratura do círculo.

Farto de chocolate na esbórnia pascal da lucidez crítica, não temas pronunciar palavras onde a mentira costura bocas e enjaula consciências. E brinda a todos que, com o rosto lavado das maquiagens de Narciso, dobram os joelhos à dignidade dos carvoeiros.

Decifra enigmas sem revelar inconfidências e, nu, abraça epifanias sob cachoeiras de magnólias. Percorre os bosques onde vicejam anjos barrocos e te banha nas correntezas do insólito, deixando os cabelos brancos flutuar sobre a saciedade de anos bem vividos. De mãos dadas com todos que dão ouvidos à sinfonia cósmica, baila com os astros ao ritmo de siderais incertezas nos salões da Via Láctea.

PALPITAÇÕES

Entre mortos e feridos, cascatas de pedras a atulhar esperanças, o grito alucinado frente à enxurrada de mazelas, estou vivo. Estar vivo é milagre constante. Por muito pouco a vida se esvai: um coágulo de sangue no cérebro, um tropeção, o vírus, o tiro, o acidente de trânsito, um acaso, o esgarçamento ético, a desprovisão moral.

A cada manhã, o renascer. Agora sei por que o bebê faz manha à hora em que o sono começa a vencer-lhe a resistência. Teme a morte, a segregação do aconchego, o retorno às cavernas uterinas. O sono apaga-lhe os sentidos, a consciência, o (con)tato com mãos e olhares afetuosos.

Crescer é dormir sem medo. Confiante de que há de se acordar no dia seguinte. Quero despertar amanhã e espero que não apenas do sono. Também dessa letargia que me acossa, desse propósito de inconsistência que me assalta, dessa lúgubre angústia de viajeiro que, além de perder o mapa, perdeu-se no mapa.

Por vezes me julguei um idiota entre crime e castigo, porém como se tudo dependesse da destreza semântica do jogador. Meu idealismo fático se descosturou em realidade. Desabou o céu e me vi pisando o chão de estrelas, cujas pontas ferinas em nada evocavam a canção. E comunguei a dor, essa dor inconsútil que dilacera silenciosamente, um por um, os fios que, em nossa subjetividade, tecem a certeza de que o sonho é o prenúncio inconsciente de que todo real é vulnerável.

Contudo, não sucumbi. De minhas ranhuras brota delicado som de flauta. Não sou dado ao absinto e sei que a vida é aposta. Todas as minhas fichas estão postas no tabuleiro dos deserdados. Jogo ao lado dos perdedores. É apenas isto que me interessa: ao faminto, o pão e a paz. De que valem todos os poderes do mundo se não enchem um prato de comida? De que valem todos os reinos se não plenificam a alma com o gosto da uva?

Não sou engaiolador de pássaros. Quero-os vivos, livres, o voo arisco enrugando ventos. Quero-os saltitantes entre as flores que cultivo em meu canteiro íntimo. Quero-os gorjeando melodias matutinas. Quero-os despertando-me, sem contudo me provocarem a vertigem das alturas.

Chega de abortos! Quero a vida despontando na cidadania inelutável, na teimosia dos inconformados, na ociosidade intemporal dos mendigos, nas mulheres condenadas a bordar dores incolores, na despossuída humilhação dos que clamam por um pedaço de terra, de chão, de casa, de direito. Tenhamos todos acesso à vida, distribuída à farta como pão quente pela manhã, sem jamais temer as intermitências da morte.

Quero um pedaço de terra, onde vicejem laranjas e suspiros e voejem bem-te-vis entre vacas etéreas. Na cidade, um teto sob o qual reluza o fogão de panelas cheias, a sala atapetada por retalhos multicores, a foto desbotada do casal exposta em moldura oval sobre o sofá.

Espero um tempo em que as igrejas abram portas ao silêncio de (c)oração, o órgão sussurre o cantar dos anjos, a Bíblia seja repartida como senhas de espera. A fé, de mãos dadas com a justiça, fará com que o céu deixe de concentrar o olhar daqueles aos quais é negada a felicidade na Terra.

Quero uma era em que cada um evite alfinetar rancores nas dobras da insolência e lave as paredes da memória de lembranças ressecadas; não aposte corrida com o tempo nem marque a velocidade da vida pelos batimentos cardíacos. E possa saborear a brevidade da existência como se ela fosse perene, em companhia dos ourives de encantos, cujos hábeis dedos incrustam na rotina dos dias joias fluorescentes.

Quero um tempo de livros saboreados como pipoca, o corpo saciado de apetites, a mente livre de despautérios, o espírito matriculado num corpo de baile, ao som dos mistérios mais profundos. E de pássaros orquestrados pela aurora, rios desnudados pela transparência das águas, pulmões exultantes de ar puro e mesa farta de manjares dionisíacos.

Quisera ser como os saltimbancos que, em cambalhotas, trazem à tona os sortilégios do humor. E os artesãos de carícias, cujas mãos proferem cuidados e moldam no corpo da amada — atentos a cada curvatura da pele — a identidade de paixões incandescentes.

Lateja em mim uma ponta de inveja dos aprendizes de banjo e dos que, sem vocação melódica, escrevem com seus passos um poema apreciável. E dos que encaram, despudoradamente, a beleza presente nos detalhes: o sino da igreja evocando liturgias, o apito do trem silvando nostalgias, o coreto da praça ocupado por músicos imponderáveis, o cheiro de sopa quente agasalhando carências, o esmaecer alucinógeno do horizonte suscitando estupor, a avó na varanda entretida em costurar séculos imorredouros.

Reparto meu pão com soldadores de afetos, dançarinos trôpegos de incertezas, duendes que povoam alucinados meu imaginário, musas incorrigíveis de meu crochê literário, anjos protetores de minha débil fé e magos que revelam o pior de mim mesmo. Neste mundo desencantado, mas não redimido, neles sorvo a minha redenção como as anfípodas que, no fundo dos oceanos, se banqueteiam de flocos de matéria orgânica.

TUMBAS VIVAS

As coisas tremembulam. São impalpáveis além de meu espírito. Volteiam e retornam. O eterno devir, a espiral infindável, a velocidade da história no velocímetro de Hegel, enquanto fenecem, pisoteadas, pequenas flores à margem do caminho. A força do destino a atiçar potências interiores. Faz mau tempo fora. E também dentro. A bruma endógena, a obscuridade da razão, a sofreguidão visceral, a indolência metafísica. Guardo segredos em indecifráveis palimpsestos.

Quisera estar agora em julho na varanda ensolarada de um hotel em Florença. E caminhar ao entardecer até a Piazza de Santa Croce e orar, ávido de luzes, aos pés dos túmulos de Dante Alighieri, Leonardo da Vinci, Galileu Galilei e Nicolau Maquiavel. Os quatro dormem lado a lado, enquanto seus espíritos me desassossegam. Resgatam-me dessa insipidez atroz, pois Florença floresce no que me resta de fragmentos na memória.

PROESIA

O amor é arte do garimpo. Trabalho arqueológico, exige paciência para escavar cada uma de suas camadas. Muitos se aferram à superfície, ao prazer confinado na epiderme, destituído de delicadeza e poesia, embora prenhe de volúpia. Como se o corpo andasse pela metade em ânsias de encontrar seu complemento; entregar-se à pirotecnia do eros, essa sofreguidão arrebatadora que atrai os amantes ao mais libertino desnudar até que as energias se esvaem.

Tais amantes teriam preferido a morte prenunciada pelo gozo. A lassidão que deles se apodera denuncia-se no silêncio aterrador, espíritos analfabetos dentro de corpos tombados pela lascívia. Silêncio que clama por refugiar-se no sono. Já não há o que dizer. Se falam, é o trivial, juras de amor eterno, galanteios d'um ao desempenho d'outro. Contudo, as subjetividades permanecem indevassáveis. Um e outro teriam preferido estar a sós. Mas eis que se devem suportar. Amadores, não dominam a arte do silêncio; desperdiçam palavras, provocam ruídos, deixam-se levar por ridículas indagações quanto aos sentimentos recíprocos.

Na dança de eros, exibem-se em ritmos distintos. Par desencontrado, para ele a música induz ao ápice do gozo. Espada altiva, esforça-se por arrancar dela ao menos um dos infinitos estertores de que a mulher é capaz. Só então afunda a espada para trazer lá de dentro, erguido à ponta, o troféu de sua macheza. Se chegam juntos ao momento em que a morte os devolve à infância, abrigados em cavernas uterinas, retroagidos ao Éden, então, crianças de tenra idade, exprimem-se onomatopeicamente em grunhidos indecifráveis, porém suficientes para selar a atração.

Para ela não é a espada o fator decisivo na batalha. É o coração do guerreiro. Difusa, toda ela é banhada por eros. Não quer chegar nem provar, quer apenas prolongar, perenizar, já que a morte é inevitável e inelutável. Não quer ganhar o jogo, e sim prossegui-lo para todo o sempre. Se houver final haverá também perda. Quer que o amado a arrebate, sequestre-a para mundos desconhecidos nos quais a linguagem cessa e o mistério irrompe.

Ela é poesia, ele, prosa; ela, curva, ele, reta; ela, chama viva de amor, ele, lenho que se consome tão logo é aceso o fogo. Quando partilham o leito e o teto, ela acredita que, com o tempo, ele haverá de mudar, e ele não muda; ele acredita que ela jamais *mudará, e ela muda.*

ENCANTOS

O (DES)ENCONTRO

Ficara de apanhá-la no início da noite. Pela primeira vez sairiam juntos. Num congresso de Medicina, em São Paulo, descobriram-se atraídos um pelo outro. Deixou-os felizes a coincidência de habitarem em Belo Horizonte. Porém, o evento não lhes permitira senão breves trocas de palavras à hora das refeições; suas respectivas comissões de trabalho funcionavam em prédios diferentes.

Tinham regressado a Minas por vias e horários distintos. Agora, o coração dela latejava ansioso. Faltavam duas longas horas para que ele viesse apanhá-la. Jantariam fora. Ele ficara de escolher o restaurante. Ela adorava surpresas. Mergulhada na banheira, coberta de espuma, voejou em devaneios, imaginando a que lugar ele a levaria. Certos homens se conhecem pelo cardápio. Os carnívoros são vorazes, dominadores; os vegetarianos, sensíveis, observadores; os que preferem massas, exuberantes, alegres; os apreciadores de frutos do mar, detalhistas, sedutores; os adeptos da culinária oriental, pacientes, introspectivos; os que escolhem pratos franceses, requintados, exibicionistas.

Enxugou-se e, durante minutos, entregou-se ao morno cafuné do secador de cabelos. Como virá? Num elmo dourado, montado num cavalo branco, a lança erguida para o ataque ou de mãos vazias, indulgente, em busca da fonte onde dessedentar-se? Sentiu-se insegura. Seria infausto se ela, de traje de gala, recebesse à porta um homem de roupa esporte. Aproximou-se da janela do quarto e observou a noite. Uma brisa tépida soprava sob a lâmina curva num canteiro de estrelas. Não, não virá em mangas de camisa; talvez em mangas compridas ou, quem sabe, um blazer azul sobre a camisa polo. E se aparecesse de paletó e gravata? Neste caso, um vestido de tom escuro, brincos de pérola e salto alto. Ah, se ligasse antes, poderia perguntar-lhe aonde iriam e sondar com que roupa viria. Mas isso não fora combinado.

Com certeza, em pouco mais de uma hora ele estaria à porta. Pôs-se a ouvir um CD de Tom Jobim, desfez o penteado e, escova à mão, ajeitou o cabelo anelado, reduzindo a mecha caída sobre a testa. Não queria sombras sobre os olhos claros. Não se julgava um protótipo de beleza, mas também não passava despercebida. Os homens sempre a fitavam com aquele ar de simpatia que expressa recatada admiração. No hospital, trafegava de armadura, sempre a defender-se de colegas que fazem do âmbito profissional um reduto de libidinagem.

Realçou os olhos com delineador; queria as sombras mais leves. Com uma esponja, destacou as faces coradas. Diante do espelho, experimentou oito pares de brincos. Escolheu duas argolas africanas; sobressaíam sob os cachos que lhe cobriam as orelhas. Borrifou de perfume as reentrâncias do corpo delgado, os bicos dos seios, o pescoço. Estendeu sobre a cama cinco vestidos e duas saias acompanhadas de blusas. Experimentou um por um, até optar pelo de crepe hortelã. Combinava com a cor de seus olhos. Calçou uma sandália de salto médio, tentando adivinhar como seria a noite. Em seguida, escovou os dentes e a língua.

Apenas um jantar? Ele falaria de si? Faria perguntas ou ela deveria antecipar-se e dar-lhe uma ideia resumida de sua trajetória? E se enveredasse pelo campo profissional, discorrendo sobre problemas do consultório? Não, isso seria amargar o cardápio. Esperava algo mais romântico. E se partisse para uma cantada?

Seria um daqueles homens que, por trás de uma cavalheiresca aparência, são inconvenientemente insistentes, convencidos de que toda mulher deve ceder a seus encantos no primeiro encontro? Ah, a bolsa! Qual escolher? Abriu o armário. Experimentou três e preferiu a de palhinha. Combinava com o vestido.

Pronta, desfilou diante do espelho, observou-se de frente e de lado, séria e sorrindo. Conferiu o relógio. Faltavam dez preguiçosos minutos. Trará flores? A hipótese apressou-a à cozinha, onde preparou uma jarra para a eventualidade. Pedirá um copo d'água antes de partirem? Retirou da geladeira uma garrafa de água mineral, para que ele não a bebesse muito gelada. E se pedir um drinque? Deixou sobre a mesa da cozinha a garrafa de vinho do Porto e dois cálices.

Conferiu a sala; junto ao televisor, as revistas não estavam em ordem. Arrumou-as, retirou os jornais do dia. Olhou de novo o relógio. Já passavam quinze minutos da hora combinada. Talvez o trânsito, horrível nessa época do ano. Quem sabe ele morasse longe, do outro lado da cidade. Talvez um pneu furado.

Aos trinta minutos, sentiu o coração contrair-se, tocado por um laivo de tristeza. Com certeza fora chamado a um atendimento de urgência. Todo cardiologista sabe que os infartos não costumam marcar hora. Sem dúvida telefonaria em breve, desculpando-se. Mas, e se desistiu do encontro? Ou teria perdido meu cartão de visita? É isso, deve ter perdido o cartão ao arrumar as malas. Não sabe meu número de telefone e, muito menos, o endereço. Sabe, porém, em que hospital trabalho. Ligou e indagou da telefonista se havia algum recado. Nenhum, ou melhor, ligara o chefe do setor de ortopedia para avisar que a reunião do dia seguinte fora transferida das dez para as onze da manhã.

Clicou o monitor para distrair-se com a tevê e amenizar a angústia. Indiferente às imagens da tela, deixou a mente ser invadida por conjecturas a respeito dos horrores dos homens. Em geral, não prestam. Vai ver é casado ou comprometido e não teve como se safar da outra. Só quis jogar charme para alimentar sua vaidade. Mas a burra sou eu. Andava tão bem comigo mesma. Como fui cair nessa esparrela? As lágrimas inundaram-lhe os olhos. Um misto de decepção e raiva. Ouviu ruídos; reduziu o volume do som. Não, não é aqui; é a campainha do vizinho.

Uma hora e meia depois o interfone tocou. O porteiro do prédio avisou que ele chegara. Ela abriu a porta e, antes que ele dissesse qualquer coisa, tentou sorrir sem conseguir disfarçar o desencanto gravado na maquiagem borrada. Ele desculpou-se; um de seus pacientes, um garoto de oito anos, acabara de entrar em óbito. Ela ofereceu-lhe o Porto e pediu licença para retocar-se. Diante do espelho, sentiu o coração aliviado. Agora, aceitaria qualquer programa, desde que a noite fosse infinda.

PARTIDA

Meu olhar vazou entre azaleias. Da varanda debruada de parreiras meus olhos ardiam abertos à manhã ensolarada. Um disco de ouro afundava-se no limite do céu. O som seco do batedor de bife ressoava intermitente em meus ouvidos. Anuns-pretos quebravam o vento com suas asas compridas.

Ela me deixara há três dias. E exatamente há três dias e três noites eu me encontrava desabado sobre a cadeira de vime da varanda, em companhia de uma teia de aranha que cobria de renda o gancho de prender a rede. Perscrutava dores naufragado em mágoas. Entalava-me o desassombro. Saturado de lembranças, trazia escombros por dentro. Na boca, um gosto de morte.

No primeiro dia, após só restar no horizonte a fumaça do cano de descarga do carro dela, tudo perdeu cores. Tragou-me um eclipse total. O cheiro das hortênsias do canteiro junto à escada escapava-me ao olfato. Os gansos desfilaram no jardim sem que eu lhes escutasse o grasnar. Tudo cessara à minha volta — a roda da vida, o girar do mundo, o movimento da galáxia. Calou-se o ruflar do vento nas mangueiras do quintal. Cessei eu, exceto a barba áspera no rosto engordurado, que agora eu apalpava em desalento.

No segundo dia, a dor latejava dentro de mim. Senti-me asfixiado. As palavras fugiram, sonegadas pelo rancor. No entanto, avivavam-me recordações. Nas galerias da mente, espalhava-se farta coleção de fotos. Moviam-se céleres como filmes sendo rebobinados.

Nada extraordinário o dia em que conheci Luiza. Era aniversário de um amigo. A princípio, não me chamou mais a atenção do que outras mulheres espalhadas entre a sala e a copa. Talvez o vestido. Era de seda chinesa, leve como o corpo que encobria. Caía-lhe bem o contraste entre o tecido esverdeado e a pele cor de amêndoa. Sim, também os olhos castanhos. Não se destacaram mais do que a percepção de que naquele rosto melancólico havia um sorriso. Acima do nariz delicado, uma luz quase felina. A melodia da voz soou firme em meus ouvidos.

Gosto de mulheres de fala decidida. Dessas coisas sei agora. A memória recorta a vida de trás para frente. Na festa, detalhes de outras mulheres também chamaram a minha atenção — um joelho sem ranhuras, de dobra definida, rótula bem desenhada, coroa de vigorosa coxa apoiada sobre a outra perna; os seios redondos da universitária de blusa prateada e perfurada como malha de cavaleiro medieval; o ventre desnudo da mulher do aniversariante, em cujo umbigo reluzia um rubi.

Agora, a letargia do corpo começava a ceder. Sentia-me incomodado. As pernas entorpecidas pela dormência, as mãos pesadas, as costas doloridas. O suor sugava-me a camisa. Meus olhos cobriam-se de fina película branca. Uma pontada sutil vazava-me o coração, murcho pela profunda ausência. Ao partir, partiu-me.

Dois dias depois da festa, ela ligou. Lembrou ter eu comentado, nos poucos minutos em que nos falamos, que preparava um livro sobre os meus tempos de escola. Tenho interesse em entrevistá-lo para o meu jornal, disse. Estranhei o pronome possessivo, com certeza o jornal não era dela. Temi que, além da camisa, também vestisse a pele da empresa em que trabalhava. Sou avesso a entrevistas, respondi. Nada que um escritor possa declarar imprime à sua obra um milímetro de qualidade. Ridículos esses autores que, em cadernos literários, publicam exaustivos ensaios para explicar a própria obra, em óbvia ofensa à inteligência do leitor. Insistem em colorir o raso com a aparência de profunda erudição. Descrevem o canto do pássaro a quem prefere ouvi-lo.

Não, nada tenho a dizer sobre uma obra que ainda não terminei. Ela insistiu. A voz continuava decidida, mas agora ressoava com tamanha doçura que não ousei deseducar-me. Posso ao menos dar um pulo à sua casa para conversarmos? Não quero forçá-lo a dar entrevista. Assenti. Amanhã à tarde está bem?, indaguei. Às cinco? Às cinco.

Pouco dormi aquela noite. A cabeça virava para um lado e estava acordada. Virava para o outro e continuava desperta. Levantei-me e aguardei o sono. Tentei ler um ensaio sobre Jorge de Lima. Ainda faltava muito tempo para que ela chegasse. E o sono me batia à porta. O relógio (antigo) dormitara seus ponteiros. Embora a casa estivesse tomada pelo silêncio, um ruído inquietava-me por dentro. Viria com a mesma roupa da festa? Ora, claro que não. Talvez com blusa e saia ou de jeans. Quem sabe tão bem maquiada como naquela noite. Não, creio que naquele rosto não houvesse mais do que uma leve passada de rímel para acentuar os cílios. Mas em nenhum momento disse que escrevia na página literária. Talvez seja um frila para outro jornal ou revista. Ora, claro que não! Caso contrário não teria dito "para o meu jornal".

Minha cabeça retornara à festa. Busquei-a entre os convidados e encontrei-a na sala, ao lado de um abajur de mapas antigos, com as pernas cruzadas, os pés miúdos despontando nas sandálias de salto, um cálice de vinho na mão. E o sorriso espargido.

Adormeci em acalanto, com o livro no colo.

Na manhã seguinte, a expectativa perdurava. Não me agradam apreensões suscitadas pelo fascínio de mulheres. No entanto, minhas resistências declinavam. Meus olhos não se despregavam do relógio. Não consegui concentrar-me no trabalho, e a manhã me pareceu demasiado longa. Pouco antes do almoço, pedi à cozinheira para preparar-me apenas uma sopa de ervilhas. Adoro sopas, a qualquer tempo e hora. A contragosto, dona Irene recolheu à geladeira o frango a passarinho que acabara de temperar com alho e cebola picados.

Desde as quatro da tarde, estranha ansiedade começou a solapar-me. Não conseguia ler nem escrever. Tentei acalmar-me com Erik Satie. Tomei três xícaras de café e pigarreei umas tantas vezes temendo que a voz vacilasse.

Meia hora depois, a inquietação povoava-me inteiro. Dei largas passadas pela biblioteca e fiquei apreensivo quando o telefone tocou. Claro, ela daria uma desculpa qualquer para adiar o nosso encontro. Percebera que se movia por impulsos. Talvez tenha se confidenciado com uma amiga que lhe aconselhara prudência. Ou quem sabe ocorreu um imprevisto na redação. Desabou a encosta de uma favela, há centenas de vítimas, o jornal precisa mobilizar todo o pessoal. Não faz sentido, numa hora dessas, vir entrevistar um escritorzinho que, a muito custo, publicou dois romances comprados apenas por alguns amigos, dos quais a metade elogiou por educação e os demais preferiram o silêncio. Pode ser que o problema seja em casa. Um filho, talvez. Um filho? Será solteira ou casada? Por que não indaguei? Quão besta sou!

O toque do telefone arrancou-me do estupor. Só podia ser ela. Atendi com um alô sôfrego. Era o eletricista que eu chamara para trocar a fiação da garagem. Não poderia vir à minha casa na tarde do dia seguinte, como havíamos combinado. Só pela manhã. Sabia que, às primeiras horas do dia, não gosto de ser incomodado. Busco o mais completo isolamento para dedicar-me à literatura. Mas, o que fazer? Paciência. Venha pela manhã, não muito cedo, por favor. Sim, às onze está bem.

Às cinco da tarde a campainha soou.

No portão, Luiza parecia outra mulher. Agora os cabelos estavam presos. Enquanto atravessava o canteiro de gerânios, vi um rosto pouco mais largo do que eu percebera na festa. Havia firmeza no maxilar. Os olhos, cobertos de pudor, afundavam-se nas órbitas.

Abriu um sorriso ao cumprimentar-me. Os dentes alvos lhe davam um quê de folia. A saia indiana, adamascada, lhe escondia as pernas, e a blusa branca, rendada nas extremidades, realçava o contorno dos seios. Acomodamo-nos na biblioteca. Ela correu os olhos curiosos pelas lombadas que encobriam as paredes. O pescoço engazelou-se como o de uma ave nobre atenta à própria pose.

Então?, falei. As palavras engasgavam-me. Luiza pousou os olhos em minha direção e tirou da bolsa uma agenda encapada de couro preto com fecho prateado. Primeiro, disse ela, agradeço por me receber. Na verdade, estou interessada em entrevistá-lo para o jornal. Comentaram na festa que você prepara um novo livro.

Sim, Luiza, tenho escrito sobre os meus tempos de estudante. Uma autobiografia? Não, por enquanto notas dispersas. Não confio em minha memória. São reminiscências. E você não quer falar sobre isso?, ela insistiu. Posso falar, concordei. Não quero é que saia em entrevista. Então me conte, animou-se fechando a agenda e recostando-se melhor no sofá, exibindo no ar os pés miúdos recortados pelas tiras das sandálias.

A conversa durou dois anos, três meses e oito dias, até que meu olhar vazasse entre as azaleias. Hóspedes de Babel, falávamos idiomas diferentes. Pela quarta vez, ela se encontrara em outro homem.

MOVIMENTO CÍCLICO

Fitou-o com a certeza de que era a última vez. Ele triste, ela também. Nela o coração pesava, a voz sufocava, os olhos ardiam. Ele sentia raiva, muita raiva, mas não dela. Oprimia-lhe o malogro. Mais uma vez a vida lhe fora ingrata. Agora, ao arrumar as malas tinha ânsias de esmurrar o destino.

Ela fingia para si mesma que não era tão grave; afinal, já fizera todas as cobranças, escutara todas as respostas evasivas, enchera os pulmões de gritos amargados no travo da desconfiança. A razão de ambos naufragara na emoção, diluindo as palavras que, como bolhas de sabão, espocavam pelo hálito envenenado. Levaram as ofensas à exaustão, como se não fosse verdade a paixão que, outrora, os atraíra, os lábios unidos na premência de um ser dentro do outro, a explosão feroz do sexo na leveza litúrgica de corpos entranhados em aclives e declives.

Cessado o fogo da paixão, não souberam aquecer o amor com os gravetos cotidianos da delicadeza. Invadiram-lhes o repetir dos dias, a cama trocada pela mesa, os afazeres tragando a ociosidade, mil detalhes funcionais a preencher o espaço em que o idílio amoroso, qual bordado, se tece pela sutileza de toques, sentimentos e projetos comungados. Como as águas ascendentes de uma inundação, pouco a pouco a amante virou parente; a mulher, esposa; o macho, patrão; o parceiro, adversário... Jogos clandestinos armavam lances de blefes, sem que um soubesse qual o tamanho da mentira do outro. Não, nada de grave, mas a cegueira das emoções impedia que um enxergasse o outro em sua contida carência. Às vezes, a conversa estendia-se para além das tarefas domésticas e um partilhava suas inquietações e alegrias. Mas, logo o ânimo refluía e a atenção desviava-se, enfarada, para o trabalho, a tevê, o computador, como um náufrago que se agarra à tábua frágil, mesmo sabendo não poder livrar-se da ilha em que se acha confinado.

O ciclo se fechara. Campo minado, o lar convertera-se em inferno. Explodiram protestos e alçaram-se queixas, sentenciaram-se todos os nefastos prognósticos, malgrado o cuidado para que a força das palavras não entornasse pelos punhos. Ele tivera ganas de vedar, com seus dedos grossos, aqueles lábios que tanto beijara e, agora, lhe atiravam impropérios. Ela sentiu-se impelida a arrancar de armários e estantes tudo que se associava a ele, enfiar em malas e arrastá-las até o corredor do prédio, num sinal definitivo de caso encerrado.

Por suas cabeças voejaram outros tantos ardis, para que a dor de um se fizesse humilhação do outro. No entanto, a autoestima, já irada em orgulho, limitara a reação de um e de outro às tranças discursivas que se enroscaram como o novelo desfeito pelas peraltices do gato. Tudo salpicado de ironias, duplos sentidos, silêncios tão densos que poderiam ser cortados com tesoura de jardineiro.

Enfim, acertadas as contas, ele decidira partir. Sortearam os pertences comuns, apesar de saber que, ali, ninguém ganhava.

Agora, fingindo-se ocupar com detalhes da arrumação do quarto, ela o observava aprontar a bagagem. O diálogo resumia-se a frases curtas sobre a administração futura de bens que não podiam ser imediatamente liquidados. Ela estava triste como ele, mas ambos sabiam que não havia volta. O caminho esgotara-se. A luta terminara e os dois concorrentes guardavam em si a certeza de derrota.

O tecido de suas vidas esgarçara-se, e um e outro sabiam que não haveria como evitar que os remendos do futuro ficassem estigmatizados pela memória de fracassos que destemperam a existência. Ninguém se livra dos fantasmas que povoam o avesso da pele, de onde exala o ácido perfume de seus corpos impalpáveis.

FLAUTA DE PRATA

Luana revirou toda a casa, chamou aos gritos. Em vão. O menino evaporara. Eis que, nariz no vidro da porta da cozinha, deu com os olhos cinco palmos acima da mangueira espraiada no quintal: Vilongo pairava no ar, como se sentado num colchão de vento, e tocava em paz sua flauta de prata.

O menino escorregou pelos galhos da mangueira ao chamado da mãe. Desculpou-se, oferecendo-lhe u'a manga.

Luana rasgou a casca, chupou a fruta e o caroço se partiu: dentro, havia uma cidade.

A ARTE DE SEMEAR ESTRELAS

Em noites estreladas, na ermida em que se refugia para se deixar enamorar das palavras, H. se debruça na janela da alma. Grávido de verbos, espalha os olhos pelas alamedas siderais e pressente o sagrado. Entrega-se à sedução da Palavra. É um sentimento de pertença que transcende todos os limites. A noite escura se lhe faz incandescente. A centelha arde em seu coração e transfigura-lhe o olhar.

Deus irrompe delicadamente. Aquece as entranhas de H. e, atrevido, disfarça-se no espaço cósmico com a Cabeleira de Berenice, faz-se criança escorregando nos anéis de Saturno, monta na garupa do cavalo de São Jorge quando a Lua míngua cheia de pudor frente aos encantos do Sol.

H. cultiva em sua ermida vasto canteiro de palavras. Cuida atento das mudas para que um dia se tornem vozes. Delicia-se em plantá-las, regá-las, vê-las brotar. Aduba a horta de substantivos e poda, todo mês, a de adjetivos. À sombra das copas dos verbos, seleciona os pronomes e enxerta vogais nos caules das consoantes. Colhe as palavras quando maduras, prenhes de significados. Verdes, arrancadas antes do tempo, elas são ácidas, inconsistentes.

Debruçado na janela da alma, olhos derramados nos abismos do Universo, as palavras se calam em H. Dilatam-se os buracos negros e ali dentro, uma a uma, as partículas elementares fulguram como grãos de ouro. Ele é capaz de distinguir a urdidura dos fótons que tecem a luz. Observa o trio de quarks em vertiginosa corrida em busca de seus ninhos energéticos. Tudo resplandece em mutações incessantes. Seu olhar contempla o corpo luminescente da Via Láctea. Súbito, é arrebatado à dança das estrelas, cujos planetas gravitam ao ritmo gracioso de meninas brincando de roda.

Ao retornar a si, H. é todo coração. Um cordão de galáxia cobre-lhe o plexo solar. Nele o Cosmo lateja. E de dentro de seu silêncio brota a Palavra que imprime significância a todos os vocábulos.

ELEGIA À DESSISUDEZ

Não é bem-aventurado quem bendiz a vida, equilibra-se em fios de delicadeza e traz no peito primícias de felicidade? Apesar de dores e dissabores, seus olhos imprimem cores ao que outros pintam de cinza. Também os viciados em desopressões e os semeadores de alvíssaras; os que carregam na memória as grandes narrativas e aqueles que, sentados em bancos de praça, alimentam aves com rosários de ilusões; e ainda os que soltam a voz em canções atávicas só para merecer aplausos do próprio coração.

Não invejo os colecionadores de afetos que jamais permitem às suas lagartas transmutarem-se em borboletas, e os cínicos repletos de palavras sem raízes no coração. Nem os artífices da sordidez, os prisioneiros da burocracia, os colecionadores de amarguras e os ébrios de ira. Queira Deus que um dia possam emergir de suas soturnas moradas, vomitar o veneno das serpentes, abrir os braços em abraços. (Guardem eles a certeza de que cartuxos não fabricam cartuchos.)

Quisera ter a fortuna de quem desata em si a criança que nunca deixou de ser e, desnudo, brinca de escorregador na própria sisudez e, à tarde, sai pelas ruas saltitando entre pontes, fazendo dos viadutos sanfonas, dos fios elétricos cordas de violão, dos postes tuba e dos bueiros bumbos. Tragam eles com sua banda insólita a desvergonhez dos inocentes.

Esconjuro os que cozinham em fogo frio a própria infelicidade, carregam no íntimo o muro das lamentações e miram o próximo como a vampiros a sugar-lhes a alma. E a quem faz de sua língua arma letal para desonrar, sem consciência de que o ódio destrói primeiro quem odeia, não quem é odiado. E também os pusilânimes e demagogos, farsantes e falastrões. E os que ostentam, cínicos, uma voraz prepotência, essa mania canibal de exibir mandíbulas frente a tudo que lhes possa acrescer o poder, o ter e o prazer. Tomara que os desavisos da vida lhes deem rasteiras e façam desabar suas irascíveis arrogâncias.

Repudio as bordadeiras de emoções, que gastam a vida desfiando intrigas e agulhando a boa fama alheia; os céticos desprovidos de horizontes e os que debruçam sobre a própria solidão para contemplar abismos; os ressuscitadores de desgraças, os que se escondem em seus sapatos e os idólatras que cultuam palácios. E também os que asfixiam a criança dentro de si e se fantasiam de palhaço para camuflar tristezas; os que gastam a vida amealhando fortuna, sempre em débito com o amor, e acumulam bens e desperdiçam virtudes, transpõem cordilheiras e semeiam mágoas, constroem pirâmides e pisam em sentimentos.

Desprezo os que têm asas e não sabem voar, são águias e ciscam como galinhas, guardam em si um tigre e miam como gatos; e se agasalham com gelos e jamais dão ouvidos à sabedoria do fogo; e os que leiloam a própria dignidade e se revestem da ideologia do consenso, escondem montanhas debaixo da cama e congelam estrelas no bolso.

Passo ao largo dos que se exibem no pedestal de suas incongruências, jejuam saciados de vaidade e mendigam aos olhos alheios a moeda falsa da admiração convencional; e dos que ficam inebriados diante da paisagem televisiva, proferem palavras furtivas, segredam mentiras, sonham com elefantes de papel e tentam fugir da própria sombra.

Sou avaro em compaixão aos voluntários da servidão, aos que amam amar amores e desamores alheios e nunca experimentam o êxtase de uma paixão inefável. E aos crentes desprovidos de fé, aos promotores do dissenso cívico, aos derrocados por áulicas insolências; aos que fazem de seus dias tijolos de catedrais escuras, navegam em pingo d'água e nunca atrasam seus relógios; aos que cimentam árvores, fazem pontaria em orquídeas e pintam o verde de marrom; aos que jamais escutam o silêncio, vociferam palavras sem nexo e tratam o semelhante como quem tem raiva de si mesmo.

E também aos que cavalgam em hipocampos grávidos de dinamites, multiplicam teorias para subtrair a prática e escondem a alegria no fundo da gaveta.

Quão ridículos os que se julgam imortais, incensam a própria imagem e tocam címbalos aos deuses da opulência. Não derramo uma única lágrima pelos infelizes que fazem de suas vidas luas minguantes e se vestem com o escafandro de seus temores, afogados no sal de um oceano ressecado.

Agasalho os que acordam sem a ressaca da culpa, plenos de vida na qual a paixão sobrepuja a omissão e o encanto tece luzes onde a melancolia costuma bordar teias de aranha; e os que não sonegam afetos, arrancam de si fontes onde borbulham transparências e não miram os que lhes são próximos como estranhos passageiros de uma viagem sem pouso, praias ou horizontes. E os que abandonam no passado seus excessos de bagagem e recolhem à terra a pipa do tédio; generosos, ousam a humildade.

Reverencio todos que despertam ao som de preces e agradecem o tido e não havido, maravilhados com o dom da vida, malgrado tantas rachaduras nas paredes, figos mórbidos e gatos furtivos. E quem gosta de feijão e se compraz nos grãos restados em prato alheio; pois a vida é dádiva, contração do útero, desejo fálico, espírito glutão insaciado de Deus.

Acolho aqueles que nunca maldizem e guardam a própria língua, poupam palavras e semeiam fragrâncias nas veredas dos sentimentos. Recatados no olhar, se tropeçam não caem no abismo da inveja nem se perdem em escuridões onde o pavor é apenas o eco dos próprios temores. Viver é graça a quem acaricia suas rugas e cultiva finitudes como cerca florida de choupana montanhesa.

Sejam-me afortunados os órfãos de Deus e de avivamentos, e os mendigos com vergonha de pedir; os cavaleiros da noite e as damas que jamais provaram do leite que carregam em seus seios. E também as mulheres que se matam de amor, e de dor por quem não merece, e que, no espelho, se descobrem tão belas por fora quanto o sabem por dentro. E os bêbados que jamais tropeçam em impertinências.

Encontre em mim pousada quem coleciona alforrias, faz das mãos arado e, com o próprio sangue, rega as sementes que cultiva. E os que trazem em si a casa do silêncio e, à tarde, oferecem em suas varandas chocolate quente adocicado com sorrisos de sabedoria.

Saúdo enfim os que não se ostentam no poleiro da suficiência de si, tratam a morte sem estranheza e acreditam que a razão é a imperfeição da inteligência.

DOMINGO DE CIRCO

Toda tua chegada nessa radiosa manhã de domingo embandeirada de infância. Solene e festivo circo armado no terreno baldio do meu coração.

As piruetas do palhaço são malabaristas alegrias na vertigem de não saber o que faço.

Rugem feras em meu sangue; cortam-me espadas de fogo.

Motos loucas no globo da morte, rufar de tambores nas entranhas, anúncio espanholado de espetáculo, fazem de tua chegada minha sorte.

Domingo redondo aberto picadeiro, ensolarado por tão forte ardor, me refunde queima alucina: olhos vendados, sem rede sobre o chão, atiro-me do trapézio em teu amor.

PRECE NATIVA

Quero me perder em ti como as matas da Bolívia deixaram-se fecundar pelo sangue do Che. Cegar-me em tua loucura para que a tua noite faça-se em mim claridade, brilhante como as luzes a mercúrio despem a madrugada e incendeiam a cidade.

Quero fazer de tua alegria a minha euforia de criança de qualquer idade a assistir domingo ao filme de Carlitos, comer pipoca na roda-gigante, ouvir o sino tocar para entrar em férias, chupar jabuticaba no pé, brincar de bola com o sol e pular a corda colorida do arco-íris.

Quero viajar no teu embalo, desatar-me das amarras da razão, voar livre em tuas asas, ser o pássaro do infinito, mergulhar fundo em teu seio na vertigem de uma gaivota sedenta, e ter a cor da força de teus olhos.

Quero possuir-te como pinturas indígenas gravadas e guardadas numa gruta, e que me embriague de tua luz, tome a tua forma como a Amazônia rasga-se ao toque da torrente que nela abre o rio para acolher as águas prateadas da neve aquecida no dorso dos Andes.

Quero viver no teu encanto, colher os frutos que em teu ventre semeiam em mim o gosto do Absoluto.

E quero minha vida em ti vivida, prolongada nas promessas de teus dons, para que no amor toda saudade seja suprimida na presença forte e farta dessa entrega feliz chamada eternidade.

ORAÇÃO DO PÁSSARO

Senhor,
Torna-me louco, irremediavelmente louco,
Como os poetas sem palavras para seus poemas,
As mulheres possuídas pelo amor proibido,
Os suicidas repletos de coragem perante o medo de viver,
Os amantes que fazem do corpo a explosão da alma.

Dá-me, Senhor, o dom fascinante da loucura
Impregnado na face miserável do pobre de Assis,
Contido nos filmes dionisíacos de Fellini,
Resplandecente nas telas policrômicas de Van Gogh, Presente
na luta inglória de Lampião.

Quero a loucura explosiva, sem a amargura
Da razão ética das pessoas saciadas à noite pela TV,
Da satisfação dos funcionários fabricantes de relatórios,
Dos discursos políticos cegos ao futuro.

Faz de mim, Senhor, um louco
Embriagado pelo teu amor,
Marginalizado do rol de homens sérios,
Para poder aprender a ciência do povo
Em núpcias com a cruz que só a fé entende,
Como um louco a outro louco.

CARNAVAL

Chega o Carnaval e, com ele, a tristeza de palhaço vendo o circo pegar fogo. Fico surdo aos tamborins, cego à desnudez das mulheres, de nariz tapado ao cheiro ácido do suor quente.

É outro o Carnaval que tanto anseio. Não o de salões abarrotados, gritos desconexos, desfiles que disfarçam de luxo a indigência do povo. Quero a alegria d'alma, arlequim bailando em meu espírito, o odor suave da colombina afagando-me os cabelos. Quero a serpentina enlaçando fraternuras, confetes chovendo estrelas nos telhados de meus sonhos, e um vento primevo a arejar meus espaços mais íntimos. Quero o rei Momo premiando o meu país de farturas e o corso da alegria atravessando as ruas dos meus passos.

Não irei a bailes ébrios de álcool, nem me atarei a cordões que me algemem a liberdade. A mim pouco importa que, no Carnaval, homens se fantasiem de mulheres e mulheres vistam-se como homens. O que ambiciono é mais ousado: virar-me pelo avesso, trazer à tona aquele que sou e não tenho sido. Quero travestir-me de mim mesmo, da minha face mais real e que, no entanto, trago mascarada nos demais dias do ano. É a loucura, essa loucura do sopro divino do qual sou feito, é ela que pretendo expor nas passarelas, nu, sem fantasias, à imagem e semelhança do que fui pensado e querido.

Então, voarei alucinado pelas avenidas e, ao aterrissar no sambódromo, provocarei um silêncio reverencial, aquela suspensão de todo respirar que só as epifanias suscitam. A multidão em delírio aplaudirá o próprio êxtase, embriagada de plenitudes.

Não encharcarei minha solidão de cervejas, nem mergulharei no mar de espumas brilhantes e ilusões estéreis. Serei insensatamente o clone de mim mesmo, arrancando-me novo de velhas células. Porta-bandeira atrevido, exibirei na escola de samba uma por uma de minhas quimeras, tão palpáveis quanto o amor que dói no peito. Rasgarei a minha fantasia e, com os trapos, tecerei um tapete de júbilos, sobre o qual dançarei o mais ousado dos frevos, até o amanhecer de minhas esperanças.

Gritarei como os náufragos ao avistar terra firme e trarei o rosto pintado com as cores da primeira aurora do verão. Vejam todos que bani a tristeza que me assalta ao aproximar-se o Carnaval dos incautos, essa demência coletiva que satura os sentidos sem aplacar o desejo. Quero é festa, muita festa, com pierrôs embevecidos e sedutoras odaliscas formando o cordão de madrugadas de silêncio, nas quais nem respiração se escuta, só o ritmo imponderável do mistério.

Quando soar o último choro da cuíca e o silêncio imperar no couro dos tamborins, contemplarei os foliões vestindo a desfantasia de uma realidade que é a deles: a rainha desencantada em empregada doméstica; o mestre-sala em camelô; a sereia em auxiliar de escritório; e o mais belo Apolo dos carros alegóricos em vendedor de enciclopédias. Condenados à desalegria de um cotidiano árduo, estarão todos envoltos no sonho de uma dignidade que só a justiça instaura. Recolhidas as baterias, a festa se transfigurará em fé.

RETALHOS

Não sei se minha vida é correta. Sei apenas, não é linha reta. Plena de curvas, arredonda ângulos. Ergue pontes sobre águas turvas.

* *

Dentro do meu silêncio ressoa uma nota musical, uma oferenda floral, a divindade no cio.

Dentro do meu silêncio há palavras sem sentido, um coração destemido, chamas a desagasalhar-me do frio.

Dentro do meu silêncio há um mudo e longo clamor, um encontro de amor, e o pleno e prenhe vazio.

* *

Viver é um descuido prosseguido.

* *

A arte jamais alcança a plenitude de corpos celebrando a fusão de almas.

* *

Há momentos em que se experimenta profunda felicidade. Não o prazer da carne gorda pingando fervente sobre as brasas da churrasqueira ou os elogios evasivos que inflam o ego. Nem o toque ávido na pele opaca trazendo à tona o que se possui de mais atávico, soltando feras e demônios que habitam os subterrâneos da sexualidade sem que, no entanto, haja transparência de espíritos.

Mastigar a suculenta picanha pode aplacar o paladar e intoxicar o organismo, assim como o ego dilatado provoca altivez e quebra o frágil limite entre a consciência de si e a vaidade ridícula. O parceiro ou a parceira tocado pode estar tão distante e estranho como um suposto habitante de Plutão. Apalpa-se sem que se consiga pegar; fala-se sem se fazer compreender; olha-se sem que se possa enxergar; rompe-se, nesse apetite incontrolável pela carne farta, sob a tirania do ego, a tênue barreira que separa céu e inferno.

* *

Assim no meio da tarde, entre oscilações dos índices do mercado, a queda das ações e a subida do euro, o grito dos pregões e a nova taxa de juros, bate inesperada vontade de vê-la, falar-lhe, tocá-la, no aconchego do quarto ilustrado pela foto dos paraquedistas de mãos dadas no ar, no mergulho livre que antecede o esticar de cordas e de corpos, e experimentar o imponderável.

* *

A vida é feita de detalhes: um encontro casual, a atração, o fascínio, reencontros, a fusão de espíritos e corpos. Dia após dia, o caminho é aberto no próprio caminhar como quem, sobre a ponte arqueada no tempo, desafia a lei da gravidade e, suspenso no vazio, agacha-se para acrescentar mais um palmo no piso.

O amor é um mistério. Tantas pessoas e, no entanto, esta pessoa. Há qualquer coisa que transcende as aparências, os sentidos e todo o arsenal interrogativo da razão. Aos olhos da fé, dom de Deus. O coração acorda um dia povoado pela presença do outro e esse sentimento inunda, devasta, sufoca, liberta, irrompe indizível, marca para sempre. É terno.

* *

Guardo em mim secreta coleção de fotos: o reflexo da luz sobre o corpo nu, o risco marítimo nos azulejos do banheiro, chaplinianas brincadeiras quase infantis e o relógio da sala com os ponteiros congelados no infinito. A saudade brotava nela como uma flor de sangue sedutoramente perfumada.

* *

Um dia, enfiei-me na cozinha disposto a mostrar-lhe o sabor do meu feijão. O gosto dela era melhor. Ela trazia uma cativante cicatriz na coxa esquerda e, do outro lado de si, me encontrou. Em seus abraços não havia braços, havia berços.

Tanta paixão não cabia na cama, no quarto, na casa, no mundo. Entregava-se a mim como um pássaro a seu voo. E aninhava-se, frágil e doce, na palma aberta de minha mão.

Por amor a ela, eu queria apenas ser fiel a mim mesmo.

* *

Tragados pelo ritmo incessante de trabalho, carentes de carícias, adiavam para o futuro o presente que nunca se davam.

* *

A vida é uma viagem sem bilhete de volta. Resta o consolo do álbum de fotos: a memória.

* *

F. buscou por toda parte um sonho capaz de sonhá-lo. Um sonho no qual todas as peças tivessem perfeito encaixe e que lhe revelasse, não os traumas do passado, mas os anelos de futuro.

Outro dia, viu na vitrine de uma loja o sonho que tanto procurava. Era um produto *high-tech* sofisticado. Bastou contemplá-lo para saber que ali residia o seu ideal de felicidade. Considerou que suas propriedades materiais eram insignificantes diante de seu incomensurável valor simbólico. Bastou adquiri-lo para se sentir gente.

Aquela mercadoria antecipa agora os sonhos que ainda F. não teve. É o sonho que o sonha e, nesse sentido, constitui a sua verdadeira essência.

* *

O modo de orar deriva de nossa visão de Deus. Quem duvida, racionaliza; quem teme, suplica; quem confia, espera; quem ama, entrega-se.

* *

Deus transpira nos poros de quem (se) faz amor, na concretude de todo esse Universo que nos cerca de estrelas e galáxias. Somos infinitamente pequenos dentro da vastidão de bilhões e bilhões de séculos que ligam o Alfa ao Ômega.

No entanto, o Universo é tão belo quanto cego. Só nós podemos nomeá-lo, contemplar sua harmonia, desvendar seus segredos.

* *

O pior não é temer a morte. É temer a vida.

* *

Não fosse a sua pretensão, a razão seria menos ridícula e mais próxima à inteligência.

* *

Sequestro o melhor de mim, escondo-o nas cavernas desprovido de mesquinhas ambições, e hei de pagar o resgate da humildade.

* *

A felicidade é como o traço exato de Picasso. Não excede e é tão sutil quanto universal. Encontra-se no cálice frio, na língua umedecida pelo vinho encorpado, o olhar estrelado a desfrutar quimeras, o gesto suave torneando o silêncio, numa dessas noites em que a companhia do outro representa, sobretudo, o encontro mais veraz consigo mesmo.

Um momento que não deveria terminar jamais, porque ali, sobre a mesa do bar, caiu um pedaço do céu.

* *

Ardo em chamas. No quartel, bombeiros afinam instrumentos da banda.

Todos os telefones estão mudos. O vento, senil, dorme nas dobras da noite.

Ardo em chamas. Não há plantão na farmácia nem remédio para tamanha loucura.

Pássaros migram sem destino.

Ardo solitário num deserto sem horizontes.

A melancolia goteja e perfura entranhas e desejos.

Nem toda a água do mar bastaria para apagar este incêndio.

Sob o fogo, estranha euforia dilata artérias e desejos. Calcinado, serei enterrado em teu corpo, sem promessa de ressurreição.

Quero-te poesia, poço, paço, parto e ponte.

Essa dor clama e chamusca minh'alma de ardor.

* *

Homens e mulheres são seres de séculos diferentes, previu Ibsen. Vivem em pátrias distantes uma da outra, exilados na perene nostalgia do amor idílico, terno e eterno. Fora desse universo ele é busca incessante, procura atroz, como se o outro fosse a resposta. Não, não é no outro que reside o conforto de uma jornada finda. Não é o outro o endereço de uma incansável procura. E pouco adianta trocar o outro por mais um outro, nessa busca incansável de perfeição, como se existisse a fada ou o príncipe encantado. É em mim que mora a resposta. Busco fora o que está dentro. Empreendo uma viagem equivocada. Vou ao exterior à procura do que se acha em meu país. Mas nem sempre tenho olhos para decifrar, atrás do tênue tecido da vida, a delicadeza do espírito e seus infinitos murmúrios.

RECANTOS

MINHA AVÓ E SEUS MISTÉRIOS

Minha avó conhece todos os mistérios. Noite dessas, no sobrado em que mora, adornado de azulejos portugueses, quando estávamos a sós na varanda onde ela tricotava, disse que tristeza não é desalento da alma, é duende que ataca ao encontrar aberta a porta do desgostar de si mesmo. O remédio é recolher-se no silêncio e desamarrar um por um os cadarços do egoísmo, até os pés poderem andar na direção do outro.

Falou que sabedoria é pensar com os pés; a cabeça gosta é de sonhar, mas os passos tecem a existência. Quem se cansa de andar abrevia a vida, quem prossegue afasta a morte para o depois. E que as mãos servem para acarinhar, mesmo ao arredondarem em bolinhas a massa do pão de queijo.

Contou que ovo é a coisa mais perfeita que existe, porque guarda a clara que envolve a gema que contém a ave que põe o ovo. E falou que as frutas nascem de costas para o céu para o sol não ressecá-las nem amargar sua doçura. Só melancia nasce rasteira, para não quebrar a espinha da árvore, de tão gorda que é.

Minha avó disse que Deus anda cansado deste mundo, mas não acaba logo com ele porque tem esperança de que o nosso desvario termine antes. E que vinho é bebida que só deve ser tomada em companhia, nunca sozinho, porque uva não é como laranja, que nasce uma aqui, outra acolá, espaçada no galho, uva é cacho, punhado; por isso beber vinho sem brindar é heresia, tira o poder que a bebida tem de transubstanciar-se e transubstanciar-nos.

Nariguda, faro de perdigueiro, ela revelou que as pessoas se atraem como os animais: pelo cheiro que entra nas narinas e através da pele sem que a mente perceba. Disse que só as aranhas não têm olfato e, por isso, são cheias de pernas, para experimentar todas as direções. Acrescentou que apenas flores têm perfume, gente é só fragrância.

Meu avô não morreu em agosto passado, como todo mundo acredita, assegurou ela. Após o enterro, ele acordou do sono da morte e saiu da tumba por um buraco que as formigas lhe mostraram. Agora anda disfarçado de vaga-lume piscando todas as noites para minha avó.

Disse ela que a vida é um rio, um dia desemboca no mar. Então vira mar como se o rio nunca tivesse existido. Assim somos nós na direção do oceano de amor de Deus. Por mais rios que beba, o mar nunca transborda, porque Deus é imutável e anda pelo mundo disfarçado de mendigo. E que o diabo demitiu-se porque Deus não tem mandado ninguém para o inferno.

Falou que vazio é a palavra mais bonita que existe, porque não tem nada, e fome a mais feia, cheia de nossas maldades. Disse que feijão se faz com uma dose de cachaça, e fez-me prometer não deixar sumir a palavra alpendre. E insistiu serem perigosas as ideias regadas de má intenção.

Minha avó observou que livros nos tornam livres, manga serve para camisa e fruta, e outros muitos significados, e que língua que não é da gente pode ser aprendida mas nunca falada, porque falar é não pensar, não sai da cabeça, sai do sentimento, e pensar é recitar, e que um estrangeiro nunca vai entender a diferença entre Pedro bota a calça e Pedro calça a bota.

Ela é cheia de segredos. Contou que peixe se tempera com laranja e rabanete se come no final da refeição, como fazia Sócrates, para facilitar a digestão. E que os peregrinos buscam as copas das árvores para beber uma dose de sombra. Disse ainda que nada cresce direito se de quando em vez não é podado.

Falou que no início do mundo não havia vento, só aragem. Um dia o ar se sentiu tão sufocado por nossas fumaças que danou a correr. Quando ele se acalma, sopra leve; quando se enfurece, vira furacão. E que as árvores têm medo do vento; às vezes ele fica sem-vergonha e arranca uma por uma de suas folhas, deixando-as nuas.

Minha avó disse que galinha tem asas curtas porque já foi criada para ser alimento, e não para voar; borboleta é uma cor que voa, e cavalo o animal mais imponente. O mais lindo é a cauda do pavão, criada depois que Deus visitou as Arábias.

Minha avó é cheia de mistérios. Contou que todos os dias, ao entardecer, Deus vem namorá-la; chega tímido, com muito dengo, até ela abrir o coração. Então ele entra e faz muita festa. Disse que vive no descuido da idade porque Deus anda doente de paixão por ela, o que a faz viver esquecida de morrer.

A BICICLETA

Olhei para o teto do quarto de despejo no fundo da garagem. Lá estava a bicicleta, presa a ganchos e cordas. Transportei-me à infância, ao aniversário em que completaria doze anos. O pai levou-me à loja e disse: "Escolhe uma." Maravilhado, percorri os olhos por tantos modelos diferentes. Decidi-me pela amarela, selim cara de touro e guidão parecido com chifres de boi virados para o chão.

O veículo tornou-se extensão do meu corpo. Movia-me por toda a cidade montado nele, da escola à igreja, do clube ao comércio, à casa de parentes e amigos. Foi minha primeira namorada. Tratava-a com carinho e ciúme, conservava-a sempre limpa e lubrificada. Equipei-a com um farol de dínamo, embora o pai não me permitisse sair nela à noite. Rodava pelo quintal, aperfeiçoava meu equilíbrio no veículo quase parado, montava-a como a um potro bravo, a roda dianteira erguida no ar, focinho de dragão a soltar fogo pelas ventas.

O avançar da idade desencanta a vida. Quanto mais adulto, menos me servia dela. Faltavam raios nas rodas, o couro do selim puíra, os pontos de ferrugem desbotavam o amarelo. O pai sugeriu vendê-la. Relutei, incapaz de livrar-me daquele pedaço de mim.

Não é apenas uma bicicleta guardada no fundo da garagem. É também um sacramento. Só agora, cinquenta anos depois, aprendo que a felicidade consiste num par de rodas, o afago do vento no rosto, os cabelos desalinhados, as pernas firmes manivelando pedais e, à frente, os rumos aventurosos da vida.

SAUDADES

"Saudade é um parafuso / que dentro da rosca cai, / só entra se for torcendo / porque batendo não vai, / e quando enferruja dentro, / nem destorcendo sai", recitava Candeia, seringueiro do Acre.

Saudade é guardar no peito uma presença invisível. É ruminar reminiscências. Como diz Machado de Assis, "é o passar e o repassar das memórias antigas".

Saudade é a nostalgia de um bem. A evocação de uma felicidade real ou imaginária. "A memória do coração", segundo Coelho Neto. Sentimos saudades de bons momentos da infância, da escola, de amigos embaralhados pelo jogo da vida e perdidos de vista. Saudades de amores gravados nas dobras do coração, nos recônditos da memória, nos segredos do corpo. Saudades confessáveis e inconfessáveis, até mesmo de sonhos tão intensos que parecem reais.

Experiências do passado não admitem ambiguidades. Queremos sepultá-las para sempre ou preservamos delas uma visão idílica. Miramos a infância e volvemos, saudosos, ao cheiro doce da garapa, ao sabor das jabuticabas comidas no pé, à liberdade dos passeios a cavalo, aos bailes onde todos eram príncipes e princesas.

São nossas *madeleines*. Despertam acalantos e aconchegos, sabores e saberes, e o confortável prazer de ser feliz e ainda ter a certeza de que toda a vida estende-se ao futuro de nossos dias.

Saudade é andar por outras terras e, de repente, suspirar por um feijão-tropeiro, uma carne de sol com macaxeira, uma moqueca ou um churrasco, salivando evocações. Nutrimos secretas saudades de um sapato que caía bem aos pés, de um agasalho que nos imprimia personalidade, da prática de um esporte que comprovava nossa jovialidade.

Tateamos na vida na perene busca de sacramentos do passado: o bolo que a avó fazia, a festa de aniversário, a rua de nossas brincadeiras. Somos resultado de vivências que nos moldaram. Marcas indeléveis tão definitivas quanto as nossas rugas. E, perdidas certas experiências, queda o vazio. Nele brota a saudade. A volátil tentativa de preencher o que já não é nem há e, no entanto, faz-se presente pela memória.

Saudades de uma música que nos inebria de emoções, de uma pessoa que desapareceu na roda da vida e do ser que somos e nunca assumimos. Saudades de orações que nos transfiguram, de momentos tecidos de silêncio, de pessoas cuja presença nos incutia confiança e ternura.

Há quem tenha saudades do futuro. De um tempo destemido. Saudades quando se é estrangeiro no próprio ser e exilado em ilusões, anseia por aportar no âmago de si e decifrar o código que guarda mistérios. Pois não são raros aqueles que navegam ao sabor de ventos que os conduzem para onde não querem ir. Por isso, têm saudades da coragem e da liberdade que não ousam e, no entanto, aspiram. Têm saudades de si.

ECOLOGIA INTERIOR

Por um minuto, esquece a poluição do ar e do mar, a química que contamina a terra e envenena os alimentos, e medita: como anda o teu equilíbrio ecobiológico? Tens dialogado com teus órgãos interiores? Acariciado o teu coração? Respeitas a delicadeza de teu estômago? Acompanhas mentalmente teu fluxo sanguíneo?

Teus pensamentos são poluídos? As palavras, ácidas? Os gestos, agressivos? Quantos esgotos fétidos correm em tua alma? Quantos entulhos — mágoas, iras, invejas — se amontoam em teu espírito?

Examina a tua mente. Está despoluída de ambições desmedidas, preguiça intelectual e intenções inconfessáveis? Teus passos sujam os caminhos de lama, deixando um rastro de tristeza e desalento? Teu humor intoxica-se de raiva e arrogância? Onde estão as flores do teu bem-querer, os pássaros pousados em teu olhar, as águas cristalinas de tuas palavras? Por que teu temperamento ferve com frequência e expele tanta fuligem pelas chaminés de tua intolerância?

Não desperdices a vida queimando a tua língua com as nódoas de comentários infundados sobre a vida alheia. Preserva o teu ambiente, investe em tua qualidade de vida, purifica o espaço em que transitas. Limpa os teus olhos das ilusões de poder, fama e riqueza, antes que fiques cego e tenhas os passos desviados para a estrada dessinalizada dos rumos da ética. Ela é cheia de buracos e podes enterrar o teu caminho num deles.

Tu és, como eu, um ser frágil, ainda que julgues fortes os semelhantes que merecem a tua reverência. Somos todos finos copos de cristal que se quebram ao menor atrito: uma palavra descuidada, um gesto que machuca, uma desconfiança que perdura.

Graças ao Espírito que molda e anima o teu ser, o copo partido se reconstitui, inteiro, se fores capaz de amar. Primeiro, a ti mesmo, impedindo que a tua subjetividade se afogue nas marés negativas. Depois, a teus semelhantes, exercendo a tolerância e o perdão, sem jamais sacrificar o respeito e a justiça.

Livra a tua vida de tantos lixos acumulados. Atira pela janela as caixas que guardam mágoas e tantas fichas de tua contabilidade com os supostos débitos de outrem. Vive cada dia como se fosse a data de teu renascer para o melhor de ti mesmo — e os outros te receberão como dom de amor.

Pratica a difícil arte do silêncio. Abandona as preocupações inúteis, as recordações amargas, as inquietações que transcendem o teu poder. Mergulha no mais íntimo de ti mesmo, em teu oceano de mistério, e descobre, lá no fundo, o Ser Vivo que funda a tua identidade. Guarda este ensinamento: por vezes é preciso fechar os olhos para ver melhor.

Acolhe a tua vida como ela é: dádiva involuntária. Não pediste para nascer e, agora, não desejas morrer. Faz dessa gratuidade uma aventura amorosa. Não sofras por dar valor ao que não merece importância. Trata a todos como igual, ainda que revestidos ilusoriamente de nobreza ou se mostrem carcomidos pela miséria.

Faz da justiça o teu modo de ser e jamais te envergonhes de tua pobreza, de tua falta de conhecimentos ou de poder. Ninguém é mais culto do que o outro. Existem culturas distintas e socialmente complementares. O que seria do erudito sem a arte culinária da cozinheira analfabeta? Tua riqueza e teu poder residem em tua moral e dignidade, que não têm preço e te trazem apreço.

Porém, arma-te de indignação e esperança. Luta para que todos os caminhos sejam aplainados, até que a espécie humana se descubra como uma só família. E cultiva a convicção de que convergimos todos rumo ao supremo Atrator.

Faz de cada segundo de teu existir uma prece. E terás força para expulsar os vendilhões do templo, operar milagres e disseminar a ternura como plenitude de todos os sentimentos.

Ainda que cercado de adversidades, se preservares a tua ecobiologia interior serás feliz, porque trarás em teu coração tesouros indevassáveis.

CANTEIRO DE ROSA

Sabença é cuidar do que foi e será, perene como lembrança de estrada de ferro, mingau quente comido pelas beiradas, badalo pausado de sino. Passa o trem, passa a boiada, mas a saudade não passa, boia no coração, volátil. Daí o arrancar do olvido a memória, desenterrar símbolos, cavoucar histórias e ressuscitar palavras, que têm canto e plumagem.

Falo do João, o das veredas, da terra do coração, trasmontanhas. Andei por lá trasanteontem, reencantado pelo verbo.

Ave palavra! A estação ferroviária sob a janela, órfã de trens, só o apito agônico e forte a pastar nos ouvidos dos mais velhos, eco nostálgico de um passado perdido; o armazém de seu Floduardo, com suas prateleiras desnudas, sacarias carunchadas, rolos de fumo encobritados no balcão e, num canto, o retrato abigodado do pai rigoroso.

Costurado à venda, o sobrado da família, meia-água à frente de vasto quintal, onde meus olhos tentaram descobrir pontes de formigas. Ali o cenário se recompõe: o quarto em que Rosa brotou; do lado oposto do corredor, o da avó, enjanelado por dentro; a cozinha tímida; as salas silenciadas da solenidade de pratos e talheres e, agora, transubstanciadas em museu.

Por quartos e salas, sacramentos espalhados entre antros e recantos: a Remington em que Rosa cavalgou a alma, desembestando-a em *Grande Sertão: Veredas*; a coleção de borboletas, fingindo-se gravatas, pousada na cristaleira; o diploma encardido da Academia Brasileira de Letras; e retratos do menino míope, engasgado por sentimentos cavilosos, urdidura de gênio; o marido afetuoso sob arcadas de Florença; o pai encapetado com as filhas pequenas; o diplomata encasacado; os amigos, muitos.

Nasci em Cordisburgo, uma cidadezinha não muito interessante, mas para mim, sim, de muita importância. Além disso, em Minas Gerais; sou mineiro, declarou a Günter Lorenz, dois anos antes de transvivenciar.

No jardim, os ossos de uma jabuticabeira agasalhada por florida buganvília, a horta fitocultivada, e três degraus de arquibancadas para os visitantes se enlevarem, atentos à recitação dos Contadores de Estórias Miguilim, jovens trazidos do risco à magia das letras. A prima preserva tudo, prenhe de zelo e desvelo, de nonada a travessia.

Minas toda, tirante a miséria, é patrimônio. E aquela é casa de se visitar, adoçar de cultura o turismo, enfileirar alunos e arranchar escolas, abrir porteiras e deixar os leitores ruminar Rosa, pétala a pétala, desbastando espinhos até embriagar-se do sumo. Epifanias.

INTERIORES

A vida é substancialmente o que não se vê. Planta raízes no mais profundo de nós mesmos, no labirinto que, pelos meandros do espírito, nos conduz ao jardim mais secreto.

Em 14 de junho de 2006 fez 20 anos que Jorge Luis Borges, arquiteto de interiores, reencantou-se, anjo barroco que sempre foi. Resta-nos o inestimável legado literário, tecido em contos fantásticos, inquietações metafísicas, um saber repleto de sabor.

A literatura sobrevive a seus autores quando feita de interiores. A perenidade do teatro grego e também de Guimarães Rosa, Dante, Cervantes, Shakespeare, Púchkin, Dostoiévski, Eliot, Camus ou Machado de Assis reside no talento capaz de fazer da pena o estilete a penetrar interiores e pinçar, lá do fundo, os fantasmas que habitam os porões da alma humana.

Somos interiores exilados nessa sociedade do óbvio, onde tudo flutua à superfície, dejetos numa poça d'água infecta. O entretenimento, disfarçado de cultura pós-moderna, analfabeto em matéria de espiritualidade, objetiva e reifica-nos o ser, vulnerável ao estupro do que há em nós de mais essencial. As linhas do novo carro são tão sensuais quanto as da modelo exposta no sofisticado açougue do voyeurismo. Artistas se transformam em meros acessórios de produtos, o político vale pelo visual, rompe-se o limite entre o necessário e o supérfluo.

Agora, tudo é produzido: o sorriso do empresário, o gesto do atleta, a postura da deputada. Devassados em nosso interior, deambulamos como ébrios pelas veredas da vida, cegos pelo excesso de luz. Há tantos ruídos que nossos ouvidos já não distinguem sons. Onde o murmurar do riacho, o gemido das pedras lavadas pela cachoeira, o rumor inconsolável da maré retornando suas ondas no limite da praia, o farfalhar das árvores escovadas pelo vento?

Perdemos a memória de nossos sabores ancestrais: o cheiro da calda açucarada, do pão quente e do assado gordurosamente temperado. Condenados ao *fast-food*, qual filme de Chaplin, somos rápidos em tudo. Amamos sôfregos, trabalhamos ansiosos, conversamos gagos de preocupações, vivemos aprisionados pelo ritmo alucinado dessa sociedade que se vangloria estupidamente de ser competitiva. No horizonte oco sobressai o medo de que a doença nos atinja, os filhos sejam proscritos do futuro, o dinheiro escasseie, a violência nos vitime. Medos, no lugar de esperanças.

Quem edificou essa Torre de Babel? Borges, que na falta de olhos para enxergar tanto aguçou o espírito, diria: nossa cegueira pontilhada de ilusões consumistas, de sonhos inatingíveis, de ambições ególatras. Aos 78 anos de idade, numa conferência na Universidade de Belgrano sobre "A imortalidade", ele acentuava que "se o tempo é infinito, em qualquer momento estamos no centro do tempo".

Saber disso é uma coisa. Vivê-lo é realizar a proposta de Teilhard de Chardin: centrar-se em si mesmo para descentrar-se nos outros e, assim, concentrar-se em Deus.

ODE A SANTIAGO

É domingo e, súbito, Santiago explode. Insiro-me na multidão que rompe o denso calor da tarde ensolarada e invade ruas e alamedas. Há júbilo em cada rosto. O ditador morreu! Regalo de Deus nesta data mundial dos direitos humanos: 10 de dezembro de 2006. Os helicópteros castrenses rasgam afobados os céus, os órfãos do algoz velam o Hospital Militar onde repousa o augusto cadáver.

Milhares de mortos e desaparecidos erguem-se de suas tumbas e marcham atraídos pelo canto insurrecional de Victor Jara. O ditador morreu! *Maria, abre la ventana / y deja que el sol alumbre / por todos los rincones de tu casa. / Ven ven conmigo ven / vamos por ancho camino / nacera um nuevo destino ven.*

A catarse se mescla com o alumbramento do entardecer. Santiago põe-se ocre, incendeia-se de tons pastel, enquanto os áulicos da ordem tentam, em vão, dispersar a maré cidadã com jatos de água e gases asfixiantes. O cortejo prossegue imantado pelo desabrochar da voz violeta: *Y el canto de ustedes que es el mismo canto / y el canto de todos que es mi próprio canto.*

Arriba Chile! A luz diáfana deste verão realumia salvadoramente Allende. A democracia nega ao morto honras fúnebres de chefe de Estado, o protocolo o condena à vala comum dos incinerados às escondidas, sem que o cortejo possa percorrer as ruas que ele transformara em rios de sangue, grito e dor, gravando à porta de cada lar o estigma do luto inconcluso.

O ditador morreu! Do lado avesso, onde o bordado se faz apreciado desenho, é-lhe negada a companhia de Gabriela Mistral e Pablo Neruda, anjos desencarnados, perenemente encantados, *gracias a la vida*! Agora o poeta da ilha negra já não se cansa de ser homem. Perante lentas lágrimas sórdidas ele fala com voz de ferro, e pode escrever versos mais alegres esta noite, gratificado por haver conduzido a poesia ao combate, à greve, ao desfile, aos portos e às minas.

Pinochet morreu? Reina silêncio agora na madrugada de Santiago. Das cinzas do ditador brotam larvas, vermes putrefatos que buscam guarida nas ideias que apologizam a diferença e desassemelham o próximo.

Santiago do Chile, 10 de dezembro de 2006

MEMÓRIAS DE ALICE

Se me é dado recordar, puxo lá no fundo da memória. Só deslembranças mais profundas, as que se refugiam atrás do inconsciente, carregadas de dor, revestidas de traumas, que preferem se esconder nos recantos mais obscuros do olvido. Porque outras eu sei guardar na lembrança. São as que permanecem tatuadas no coração, enraizadas no cipoal de sentimentos, impregnadas na superfície da pele.

Já viu, Alice, alguém esquecer o calor das mãos amadas, o beijo afetuoso, o olhar acolhedor, o sorriso de júbilo? Evocam-me a gargalhada do avô, a piada contada pelo tio, observando a espuma subir no copo enquanto a cerveja descia; o cheiro apetitoso da quitanda de seu Nezinho, florida de verduras e colorida de legumes; o silvo agudo da roda pétrea do amolador de facas se anunciando na esquina.

Também jamais se me apagam as lembranças da infância, não todas, mas sim aquelas que me fizeram dar conta de mim, saber que eu sou eu, fatos, episódios, eventos que me serviram de espelho no qual refleti essa personalidade moldada no tecido cotidiano da vida. Porque a gente não nasce sabendo de si. Nasce exilado de si. A sabença vem aos poucos, vem pelo olhar do outro, vem pelo carinho acalentador, e também pelo golpe desferido na face, o horror, o grito ofensivo, a ferida aberta na alma pela ponta da maledicência.

Quando a linha invisível do espaço que nos cerca é feita de bem-querer, o nosso lado de dentro também se faz de generosidade. Mas quando são fios eletrizados a nos causar permanente tensão, somos impelidos a romper a linha, destroçá-la, na ânsia de liberdade ilimitada. Reside aí a fonte maligna de todas as guerras.

Quem nasce tropeçado tende a atropelar os demais. Essa memória negativa nem é conveniente, porque se abriga nas dobras da irrazão, na ponta áspera de nosso lado vulcânico, lá onde o limite do humano se desembesta em fera, no resgate ancestral, atávico, dos bichos medonhos que nos coabitam e constituem a mais profunda raiz genética do nosso ser.

Sabe, Alice, eu às vezes tenho medo de minhas memórias. Elas ficam guardadas em mim como se numa caixa muito bem trancada e cujas chaves joguei no mar. E não falo apenas das memórias retorcidas, as que expõem minha face disforme no espelho da alma, carregadas de culpa, não da culpa da transgressão, e sim da culpa da omissão, a que se reveste da máscara da indiferença, do descaso, como se a minha vida fosse um rio capaz de fluir sem prestar atenção aos afluentes. Falo também das lembranças saudáveis, luminescentes, gratificantes, as que exaltam o ego e nos delineiam a autoestima. Porque não se me apraz olhar para trás. Não quero jamais ser o que fui, quero ser o que não fui, fiel à minha identidade mais profunda, a que se esconde nas cavernas secretas do meu ser e aspira pela transcendência.

Não sou de nostalgias, de reminiscências, de cavoucar o passado para maldizer o presente. Sou de ânsias de futuro, movido a utopias. Contudo, prometi a você que contaria o que sucedeu naqueles anos sombrios. Você me disse que precisa saber, penetrar fundo os mistérios de sua própria família, recolher os cacos espalhados pelo passado e tentar reconstruir o mosaico. Assim, tantos estilhaços que hoje lhe pulverizam a memória talvez se reajuntem e formem um conjunto conexo, um bordado que, ainda pelo avesso, só exibe linhas desarmônicas, entrecruzadas, impedindo-a de contemplar o desenho configurado do outro lado.

Hoje você completa 20 anos. E é preciso que se saiba neta de um herói. Seu avô são todos aqueles que abandonaram as salas de aula e ousaram enfrentar uma ditadura militar munidos de idealismo, generosidade, confiança em si e no futuro. Graças a eles, Alice, você agora não precisa olhar para trás nas ruas, nem desconfiar do colega de curso ou do vizinho a espreitar-lhe pela janela, e tentar adivinhar o que significam tantas receitas estampadas nos jornais e temer o carro de polícia cuja sirene lhe afoga os ouvidos às suas costas.

Alice, felicidade é não se envergonhar da própria história e cultivar, nos campos profícuos da subjetividade, amorosas orquídeas irrompidas, como por milagre, nos troncos ásperos dessa conflitiva existência.

RECEITA PARA MATAR UM SEM-TERRA

Tome-se um agricultor
Desplantado de sua terra,
Desfolhe-o de seus direitos,
Misture-o à poeira da estrada
E deixe-o secar ao sol.
Deposite-o, em seguida,
No fundo do descaso público.
Adicione a injúria da baderna.
Derrame o pote de horror aos pobres
Até obter a consistência do terror.
Acrescente uma dose de mau presságio
E salpique, com a mão do ágio,
Denunciosas fatias de calúnia.
Deixe repousar no silêncio
A ganância grileira,
As áreas devolutas,
A saga assassina
De quem semeia guerras
Para amealhar terras.
Ferva a mentira
No caldeirão oficial

Até adquirir densidade
Em rede nacional.
Sirva à repressão
Impunemente
Na bandeja do latifúndio.

SEQUESTRO DA LINGUAGEM

Primeiro, disseram que não haveria mais guerrilhas. Acreditei e, junto às botas, abandonei sonhos revolucionários.

Em seguida, disseram que terminara a luta armada. Tornei-me violento pacifista.

Depois, disseram que a esquerda falira. Fechei os olhos ao olhar dos pobres.

Enfim, disseram que o socialismo morrera. E que uma palavra basta: democracia.

Então, nasceu em mim a liberdade de ser burguês.

Sem culpa.

MINICONTOS ANCESTRAIS

A invenção do trabalho

Torn mantém a nuca apoiada na palma das mãos e, deitado, observa o azul do céu. Ao lado, Ruf, a mulher, faz um arranjo de flores para enfeitar a caverna.

— Ando preocupado com Fro — diz Torn com a mente presa ao filho.

— O que há de errado com ele? — pergunta a mãe.

— Quase não o vejo ocioso. Parece que ainda não aprendeu que nos bastam três ou quatro horas de trabalho por dia. Afinal, de que necessitamos? Caçar um animal e arrancar frutos da terra.

— Parece que ele quer viver para trabalhar e não trabalhar para viver — filosofa a mãe.

— Não devemos inverter a ordem das coisas. Alguém já viu um antílope trabalhar mais que o suficiente para encontrar a sua presa? Por que nós, humanos, devemos nos entregar mais tempo a essa atividade penosa?

— Tenho notado — observa Ruf — que Fro não sabe distinguir as fases da lua, nem o cheiro dos búfalos que se acercam ou o rumor das águas que degelam na montanha e esfriam o rio. Você, como pai, deve adverti-lo.

— Hoje mesmo terei uma séria conversa com ele. Meu avô viveu cento e vinte anos andando pelas montanhas. Meu pai tentava adivinhar o ciclo das estações. Por que Fro não aprende a tecer redes de pesca? Essa história de querer replantar macieiras é uma ofensa à benevolência de nossos deuses.

A invenção do pudor

— Ruf, estou preocupado com a nossa filha Kaj. Viu como apareceu esta manhã?

— Estou horrorizada, Torn. Há gerações andamos nus, exceto quando faz inverno; então nos cobrimos com peles de búfalo.

— Será que ela agora se envergonha do próprio corpo? — pergunta o marido.

— Talvez. Por que tapar com pele de onça os orifícios vitais?

— Jovens gostam de inventar modas. Ora, entendo que usem adornos na cabeça, como fazemos em nossas festas, ou nos pulsos e tornozelos. Mas tapar os orifícios pelos quais regulamos e geramos a vida é uma ofensa à natureza e aos nossos deuses! — diz Torn.

— Sim, é um pecado ter vergonha do próprio corpo. Hoje mesmo terei uma séria conversa com Kaj.

A invenção da arte

— Kaj, o que passa com o seu irmão?

— Não entendo, pai. Ele agora está com essa mania de desenhar em nossas cavernas.

— Sei que ele nunca gostou de caçar — comenta Torn. — Talvez sinta pena dos animais e, por isso, queira reproduzi-los em suas pinturas. Ontem, passou o dia misturando plantas para fazer tintas e gravando, na gruta em que mora, a corrida dos antílopes.

— Fro nunca bateu bem da cabeça. Desde pequeno gostava de desenhar na terra. Mas vinha a chuva e apagava. Andou colecionando pedras com formas de lua, de dedo, de ovos. Agora, fixa na rocha a figura e o movimento dos animais.

— Sua mãe — diz Torn — comentou que a caverna de Fro é a mais bonita do clã. Disse que os desenhos do filho alegram o coração dela.

A invenção da roda

— Torn, viu o que Fro aprontou esta manhã?
— Você se refere ao transporte das colunas de pedras? — pergunta o marido.
— É. Ao ver uma coluna rolar montanha abaixo, ele cortou troncos de árvores, amarrou-os com cipó e deitou a coluna por cima. Aquilo gira. Não exige que arraste o material.
— Tenho medo desse novo sistema — diz Torn. — Durante gerações, a força de nossos braços arrastou, de um lado para o outro, pedras e árvores, feras abatidas e frutos colhidos.
— Receio que o giro dos troncos seja mais forte que os braços de Fro.
— De acordo, Ruf. Essas novidades sempre preocupam. Não convém desafiar a sabedoria dos antigos.

A invenção do amor

— Kaj, o que há com você? — pergunta Fro enquanto atiram lanças no rio para fisgar peixes.

— Papai quer que eu me una ao Lur para gerar filhos para o nosso clã. Porém, há uma coisa dentro de mim que me faz preferir o Vik.

— O Vik? — espanta-se o irmão. — Aquele que mora na floresta Sul?

— Sim. Desde que o vi não consigo tirar o rosto dele de dentro da minha cabeça. Quando o encontro sinto que meu corpo fica rijo como uma fera acuada e, ao mesmo tempo, doce como uma fruta madura.

— Deixe de bobagem, Kaj. Nossos pais sabem o que é melhor para nós. Há muitas e muitas gerações procriamos de acordo com o acasalamento indicado por eles. Por que haveria de ser diferente agora?

— Não sei. O certo é que nunca vi um gavião acasalar-se com uma pomba. É assim que me sinto em relação ao Lur. Somos pantera e lobo. Com Vik é diferente. Somos os dois lua e sol. Há uma luz que brilha nos olhos dele quando nos vemos. E, dentro de mim, tudo fica quente, quase me sinto sufocada de alegria.

— Nunca senti isso, Kaj. Meu corpo é ave de asas abertas quando me acasalo com a Nef. Mas eu sou eu, ela é ela. Temo que você esteja doente.

— Talvez. Porque o dia todo não consigo pensar em outra coisa que não seja o Vik.

PALAVRA

Uma palavra contém muitas. Há pá, instrumento de remover terra; pa, sigla do estado do Pará; e pã, divindade pastoril. Pala é leque e encerra ao menos quinze significados: peça de boné militar, cartão para cobrir cálice de missa, parte do vestuário e do sapato etc. Lavra é área de mineração.

Palavra implica pal, abreviatura de *Phase Alternate Line*, sistema de transmissão de imagens coloridas; e la, símbolo do lantânio; e va, de volt-ampere, e vã, o que nenhuma palavra é em si, a menos que equivocadamente pronunciada.

Palavra se faz com uma só vogal, a, primeira letra do alfabeto, e mais quatro consoantes. Há muitas palavras — a de Deus, a de honra, a do rei, que não volta atrás, e a que se dá para firmar um compromisso ou promessa.

Palavra contém ala, que tem a ver com fila ou parte de uma construção, e também ar, sem o qual não se pode respirar. E dela se obtém varal, lapa, ara, vala, para e par. E também sentidos, significados, conceitos. Palavra tem mais valor quando entremeada de silêncios. Derramada assim, de boca aberta, esvai-se. Comprida nas ânsias, é pura angústia, faz mal. De bom é o que não se fala entre uma palavra e outra. Então, sossego. Expectação. E vem a palavra, inaugurando o mundo. Plena de vida.

As palavras pesam. Talvez porque seja a mais genuína invenção humana. Os papagaios não falam, apenas repetem. Não escapam de seus limites atávicos. O olho é a fonte da visão, como o ouvido, da audição. A língua facilita a deglutição, como a traqueia, a respiração. No entanto, a ânsia de expressar-se levou o ser humano a conjugar mente e boca, órgão da respiração e da deglutição, para proferir palavras.

"No princípio era o Verbo", reza o prólogo do evangelho de João. Deus é Palavra e, em Jesus, ela se faz carne. Unir palavra e corpo é o profundo desafio a quem busca coerência na vida. Há quem prime pela abissal distância entre o que diz e o que faz. E há os que falam pelo que fazem.

A palavra fere, machuca, dói. Dita no calor aquecido por mágoas ou ira, penetra como flecha envenenada. Obscurece a vista e instaura solidão. Perdura no sentimento dilacerado e reboa, por um tempo que parece infinito, na mente atordoada pelo jugo que se impõe. Só o coração compassivo, o movimento anagógico e a meditação, que livram a mente de rancores, são capazes de imunizar-nos da palavra maldita.

A palavra salva. Uma expressão de carinho, alegria, acolhimento ou amor, é brisa suave a reativar nossas melhores energias. Somos convocados à reciprocidade. Essa força ressurrecional da palavra é tão miraculosa que, por vezes, a tememos. Orgulhosos, sonegamos afeto; avarentos, engolimos a expressão de ternura que traria luz; mesquinhos, calamos o júbilo, como se deflagrar vida merecesse um alto preço que o outro, a nosso parco juízo, não é capaz de pagar. Assim, fazemos da palavra, que é gratuita, mercadoria pesada na balança dos sentimentos.

Vivemos cercados de palavras vãs, condenados à incivilização que teme o silêncio. Fala-se muito para se dizer bem pouco. Fazem moda músicas em que abundam palavras e carecem de melodias. Jornais, revistas, TV, outdoors, telefone, correio eletrônico — há demasiado palavrório. E sabemos todos: não se dá valor ao que se abusa.

O silêncio não é o contrário da palavra. É a matriz. Talhada pelo silêncio, mais significado ela possui. O tagarela cansa os ouvidos alheios porque seu matraquear de frases ecoa sem consistência. Já o sábio pronuncia a palavra como fonte de água viva. Não fala pela boca, e sim do mais profundo de si mesmo.

Guimarães Rosa inaugura *Grande Sertão: Veredas* com uma palavra insólita: "Nonada." Convite ao silêncio, à contemplação, à mente centrada no vazio, à alma despida de fantasias. Não nada. Não, nada.

Sabem os místicos que, sem dizer Não e almejar o Nada, é impossível ouvir, no segredo do coração, a palavra de Deus que, neles, se faz Sim e Tudo, expressão amorosa e ressonância criativa.

REALITY SHOW

Sim, quero ver a tua vida em detalhes, minuto a minuto, e ouvir as palavras que jorram de tua boca, rir o teu riso e enraivecer-me com o teu rancor, assistir à tua paquera, ao teu namoro, ao teu gesto de carinho, à tua transa, espelhando tua beleza em minha indigência.

Quero abandonar amizades, trabalhos, livros e lazer e, de olhos pregados em tua magia, absorver a tua arte de movimentar-se no labirinto da quimera, livre de dores e afazeres, mergulhada na fama e na fortuna.

Venerarei o teu ócio na vitrine, exibindo-se sem pudor a milhões de olhos, despida por infinitas imaginações, liberta das grades odiosas dessa existência de penúria, anônima, escrava da rotina atroz de quem jamais aprendeu a voar.

Abrirei em meu monitor a porta da tua casa mágica e, sob o peso de minhas carências, ingressarei virtualmente em tua liberdade, no teu gozo, no teu charme, como quem toca com os olhos os veneráveis ícones que nos fazem transcender a mediocridade cotidiana.

Minha fidelidade ao teu exibicionismo será a chancela que proclamará tua vida como real e, do lado de cá, buscarei minha alforria em tuas loucuras, em teus jogos e em tuas danças. Quero decifrar em ti minha própria intimidade, rasgar minha alma em tuas mãos e deixar minha mente impregnar-se dessa ilusão que faz de mim teu pequeno irmão.

Recobrirei minha realidade com tua fantasia e farei de teu espetáculo o brilho de meus olhos vazados, nessa permuta hipnótica de quem busca a complacência com seus próprios limites para tentar encobrir a mesquinhez que me corrói.

Ficarei atento ao teu banho, ao teu sexo, à tua ira e às tuas refeições, fiel à exposição perene deste teu ser desprovido de preocupações e conteúdos, entregue a esta liberdade que faz de ti o que não sou, e me permite projetar em teu vigor as minhas fraquezas e em teu esplendor o gosto amargo de meu anonimato.

Verei em tua janela, que se abre em minha casa, a subversão de todos os valores, como se nos cômodos que te abrigam findassem todos os princípios, escorrendo pelo ralo tudo aquilo que soava como sinônimo de decência. Ampliados pela eletrônica, meus olhos contemplarão as tuas intimidades mais ousadas. Sentirei os teus odores e beberei o teu suor.

Esticarei o meu olhar até os limites proibitivos do escárnio e, quem sabe, verei o teu rancor extirpar toda a agressividade que jaz em meu peito e a tua voracidade explodir em taras que haverão de suprir os meus desejos mais ignóbeis e saciar as minhas pulsões mais abjetas.

Deste lado da tela, sentirei os teus sentimentos e comungarei as tuas emoções, vendo-te virar pelo avesso nesse zoológico de luxo, exposta à multidão como carne no açougue, a engordar no balcão do voyeurismo a gorda soma dos teus patrocinadores.

Em ti livrar-me-ei de todo ideal que não seja fazer da vida um jogo de entretenimentos, a sedução epidérmica como sucedâneo de quem não atinge as profundezas do amor, vendo-te representar a ti mesma sob os aplausos invejosos de meu olhar sequioso, preso ao teu desempenho *huit-clos*.

Aprisionarei tua vida em meu olhar, tornar-me-ei teu carcereiro eletrônico, decidindo o teu presente e o teu futuro, absolvendo-te ou condenando-te, juiz supremo que se ignora refém do próprio equívoco.

Inebriado com tuas loucuras, te elegerei objeto supremo de minha admiração, deixando-me devorar pelo teu sucesso, do qual farei tema de todas as minhas conversas.

À espera de que os corvos venham devorar o meu coração, quero ser consumido e consumado por ti, arrancando de meus olhos todas as escamas, até que eu possa ver também o marido espancar a mulher, o filho estuprar a mãe, o pai assassinar a filha, enfim, o horror, o horror, o horror, pois sei que o show não pode parar e que o seu limite é não ter limites.

FORA DO CORPO

Há na Bíblia uma afirmação intrigante e instigante de Paulo: "Se foi no corpo ou fora do corpo, não sei, Deus é quem sabe." (*Segunda carta aos Coríntios* 12,2.) O apóstolo refere-se a uma experiência mística.

Mística é palavra cheia de estranhezas. Há movimentos populares que a empregam como sinônimo de emulação ou animação. Há quem a tome com o significado de entusiasmo, que em grego quer dizer "estar repleto de Deus".

Se o entendimento do que é mística provoca tanta controvérsia, já a experiência mística é mais frequente do que supomos. É o desdobramento do ego, o sair de si, o deixar-se possuir pelo outro, o descentrar-se para encontrar o centro no próximo. É a paixão amorosa, o sentir-se irresistivelmente atraído para fora de si mesmo. Alguém faz convergir em sua direção todas as energias do apaixonado, de tal modo que este se deixa impregnar pelo objeto de sua paixão, ainda que não possa vê-lo, ouvi-lo ou tocá-lo. O apaixonado sente-se arrebatado, admite que o âmago de seu ser esteja indelevelmente marcado por aquele outro que não é ele e, no entanto, o faz reviver "fora do corpo". Isso é o amor. É experiência mística.

Se muitos experimentam a mística, ao menos uma ou duas vezes na vida, em relação ao semelhante, mais raramente há quem a saboreie em relação também ao dessemelhante: Deus. E a expressão desse amor arrebatador, místico, dá-se "fora do corpo". Não é um atributo dos sentidos, que vivem na ilusão de prazeres e afeições que nunca saciam o espírito. O que se vê não enche a vista; nem o que satisfaz a fome exaure o apetite do ser; nem os bens aos quais se apega trazem felicidade. Ao contrário, reforçam o ego e as tendências negativas: a cobiça, a ambição desmedida, a vaidade, o orgulho etc.

O amor apaixonado não decorre da razão. Subverte-a. É enlouquecedor, transcende o raciocínio, a lógica, o discurso conceitualmente articulado dos "bons propósitos". A razão naufraga nas vagas intempestivas do coração. A afeição implode a sensatez do pensamento. Dentro do corpo o amado sente-se "fora do corpo". O objeto da paixão (transcendência) irrompe em meu ser (imanência) e resgata-me pelo lado avesso do ser (profundência).

Outra expressão da mística é a arte. Só há verdadeira arte quando se consegue estar "fora do corpo". No balé os movimentos do corpo são a forma alada de expressar algo intangível, cujo desenho é pincelado pela música e transcende a sequência dos gestos da bailarina. Não se dança com a cabeça nem com os membros. Dança-se com a alma, numa entrega de si ao ritmo e à melodia que só vibra com densidade artística quando se está "fora do corpo".

O mesmo ocorre em todas as outras expressões de arte. Mas falemos da que me é mais próxima: a literatura. Não se escreve ficção com a cabeça. Escreve-se com o ser, extraindo do mistério pessoal a narrativa que nos espelha o espírito. Essa narrativa é "fora do corpo", imponderável e, no entanto, é a Palavra que biblicamente organiza o caos e cria o ser. E essa Palavra vem de "fora do corpo" e vai para "fora do corpo".

Talvez isso explique um dos fenômenos mais inquietantes da pós-modernidade: a morte da estética. Pois se a modernidade arrancou do palco a fé e a substituiu pela razão, a pós-modernidade despreza a razão para idolatrar o corpo. O que importa agora é a "estética" do corpo. É a beleza — não das infinitas possibilidades de expressão do corpo, aquelas que se expressam "fora do corpo" —, mas a estética do corpo em si, retido à sua constituição física, orgânica, modelado segundo padrões fisiculturistas: magro, atlético e aparentemente jovem.

Essa corporalização da estética faz definhar o espírito e opera a inversão de Narciso. Narciso contemplava-se porque era belo. Na inversão não há beleza, há um padrão de formas que suplica reconhecimento aos olhos alheios — o espelho narcísico invertido. Vejam em mim a beleza que julgo ter...

A beleza é algo que emana — da pessoa, da pintura, da escultura, da poesia... Não está propriamente no corpo, nas cores da tela, na materialidade da escultura, nas letras do alfabeto unidas em vocábulos no poema. Está "fora do corpo", porque irrompe do mais profundo do ser e atravessa a corporalidade do artista e de quem é tocado pela obra de arte. Assim, sacia o espírito. É imortal. "Deus é quem sabe."

A estética pós-moderna é pobre porque feita para consumo, e não para enlevar, elevar, arrebatar. Seu maior defeito é ser prisioneira do corpo.

A ROTA DO VOO

Há qualquer coisa de infinito em cada um de nós. Uma projeção de nossas possibilidades além de nossas fronteiras. A insatisfação com as próprias barreiras, os limites do ser e da carne, a reverência compulsória à fraqueza humana. Não nos bastamos. Não nos saciamos. O projetar-se para fora de si mesmo, exigência tão forte como falar aos ouvidos e ao coração de outra pessoa. O discurso solitário denuncia a loucura pela incapacidade de comunicar-se. Queremos ir além das pegadas de nossos passos, tocar mais distante que a extensão de nossas mãos, ver o invisível, ouvir as insinuações do inefável, sentir as palpitações da terra e o sabor do fogo em nossas entranhas. Somos irremediavelmente exigentes, feitos com a mesma matéria dos deuses. A vida, dentro da história, é curta demais para conter tamanha ânsia de amar.

Somos sempre para além de nós mesmos. Nossos olhos registram as faces queridas, a casa paterna, o bolo da infância, a praça da matriz, os colegas de rua. Nossos ouvidos guardam canções de ninar, o grito de dor, a explosão assustadora, o sorriso inconfundível, a música envolvente, certas palavras esculpidas em nosso afeto. As mãos conservam o toque, a superfície fria da lâmina, a pele macia, o filete de sangue brotando do corte, o calor da xícara de café, o papel de presente desnudando a alegria de uma data. O olfato percebe o perfume materno povoando a casa, o leite queimado para o doce da tarde, o lança-perfume dos carnavais inebriantes, o incenso de rezas soturnas. Na boca, um gosto de mel e um gosto de fel: nem tanto a carne-seca com tutu e couve, o pão doce untado em creme, a gelatina de laranja, mas o que provamos na alma e faz gosto na boca — a emoção de um olhar, o tormento de uma ofensa, a revolta frente à injustiça, a amizade perdida, o momento eterno de um encontro. Coisas que ficam entre os dentes, por baixo da língua, salivadas no silêncio por não existirem palavras que possam traduzi-las.

Há em cada um de nós um corte profundo. Um buraco no meio da alma. Nessa fenda não há sinais de sangue, apenas uma grande abertura em forma de círculo. Há dor, não a dor física como aquela provocada pelo vidro que penetra a carne. É uma dor forte como a vergonha e funda como um amor recusado. Nada há nesse mundo que possa preencher esse buraco. Às vezes, por um momento, nos julgamos saciados pelo poder, pelo dinheiro ou pela glória. À luz do sol a maré baixa e o vazio se manifesta.

Só o alimento pode saciar nossa fome. Só a água pode matar nossa sede. Só os outros podem nutrir nossa indigência. Sozinhos, somos a derrota orgulhosa, a vitória mentirosa. Há esse ímpeto de ir além, ultrapassar as fronteiras, conquistar o inacessível. A transcendência. Não só o que está por cima, mas sobretudo o que é raiz. A imanência. Despojar a vida de todos os artifícios e estabelecer a comunhão. A transparência. Deixar que o silêncio se instaure no âmago do espírito e alçar voo para o mais íntimo de si mesmo. A profundência. O reencontro de si no outro. Essa vontade mágica de fundir-se em todos e em tudo, operar a síntese de todos os rumos, a certeza de todas as razões, a equação de todos os cálculos, vencidas as resistências que tornam o nosso próximo tão distante. Esse pão, essa água e essa paz têm nome alegre, familiar e profundo: amor.

O círculo aberto é a crença de que os pássaros são capazes de voar fora do rumo dos ventos. De que somos capazes de amar por simples entrega. Os pássaros são determinados por sua própria natureza. Não têm opção. As pessoas, porém, estão condenadas a ser livres — e a ser livres numa determinada direção. Assim como o voo se faz de movimento, vento, espaço, o amor e a liberdade se tecem de mediações concretas: as condições sociais de nossa existência. Ao contrário das aves, caminhamos sobre a terra e as nossas pegadas são gravadas a cada passo. Inútil querer sobrevoar o próprio caminho. No entanto, há os que tentam fazê-lo e dizem amar porque dão um resto de suas sobras. Aceitam as diferenças entre humanos como julgam existir entre as aves. Ora, o pardal encerrado em si mesmo jamais inveja o pavão. A pessoa não: é toda abertura e é chamada a ser Deus.

Mas quê! O círculo se fecha sobre nossa percepção e achamos razoável que assim seja e comemos o banquete colocado à nossa frente e quantificamos a fome como mera questão administrativa e gastamos numa noite o salário mensal de um trabalhador e inventamos desculpas para ignorar essas coisas e formamos um partido que forje a verdade à nossa imagem e semelhança e calamos o povo na ignorância para a nossa tranquilidade e travamos o processo socializador da história e decretamos o desamor legítima forma de existência. Por cima, os rótulos coloridos que divertem os cegos: bem-estar, status, segurança, direito à propriedade...

Há um sistema mecânico nesse círculo fechado: a mulher assumida pelo homem, o homem amado pela mulher, a casa, os filhos, os colegas de trabalho, a ajuda desinteressada a uma pessoa, a filantropia, a esmola. Respeitados os limites do círculo: juridicamente assentado, ideologicamente cimentado, militarmente assegurado. Como se o dom de si tivesse, como os carros, um limite de velocidade nas estradas da vida. A ordem exige perfeição, a perfeição absolutiza o poder, o poder assassina a criatividade. Por falta de condições de caçar e encontrar carne fresca nas matas, preparar a lenha e assar os quartos na brasa, salpicar o alimento de ervas e comer com as mãos, deixando o sumo vermelho e quente escorrer pelos braços e pingar na roupa, chegamos à perfeição de consumir venenos enlatados. Da mesma forma, em nome da boa ordem social legalizamos a gratuidade, canonizamos a formalidade, estabelecemos formas e forjas para o amor — a fim de que não quebre os limites do círculo, nem rompa o frágil equilíbrio que o sustenta.

Nessa privatização do amor, a posse absorve o dom, o controle reduz a liberdade, a rotina se faz mestra da vida. O voo do pássaro fica dirigido pelo radar. O rodopio das imagens se torna velozmente eletrônico para encobrir as carências: veremos esta noite o quadragésimo terceiro capítulo da novela, iremos ao cinema no fim de semana, gastaremos na praia um frasco de óleo de bronzear, falaremos sem assunto ao telefone, daremos ao amor os limites de uma cama, abriremos cadernetas de poupança, faremos planos para as próximas férias, assistiremos ao show da temporada, amaremos o nosso carro sobre todas as coisas e leremos no jornal os fatos do mundo como meras curiosidades.

Lá dentro, o buraco, o corte sobre o qual não se tecem cicatrizes. A abertura que, paradoxalmente, aceita e assume a abertura do círculo. E o sobrevoo da própria realidade — o amor afirmado na esfera privada, negado na esfera social. Por não se fazer de intenções, a vida dentro do círculo exige uma crueldade atroz; baseia-se indisfarçadamente na concorrência, no espírito competitivo, na lei da selva. Por cima, os bons propósitos, as leis bem regidas, os discursos genéricos. Como é possível amar legitimando a opressão alheia?

Talvez, mais profundo que o corte aberto em nossa alma, seja a fenda exposta em nossa razão. Voamos sem conhecer o rumo e sem saber o destino. Nem sequer suspeitamos que os ventos são produzidos em grandes usinas. E aceitamos a cega que estende as mãos à porta da igreja, o operário que sustenta a família com o preço de um litro de uísque, a morte precoce do filho da lavadeira, a cerca de arame farpado nos proibindo a natureza, o fetiche do dinheiro, os bens de utilidade pública cadastrados como bens de lucro individual. Os pássaros são abatidos em pleno voo e continuamos a falar em velocidade. Nossas palavras são como essas bandeiras coloridas estendidas sobre caixões no dia do enterro.

Na transparência dos outros encontramos a transcendência de Deus. A rota do céu passa pelo caminho da Terra. O invisível se manifesta pela sacramentalidade do visível e do sensível. A divindade se revela na humanidade. O Verbo se faz carne. As promessas de Deus se fazem esperanças dos homens. A salvação supõe libertação. A fé nada significa sem o amor. O culto é mentiroso se não brota como expressão da vida. A palavra de Deus é pronunciada pela palavra de um homem — Jesus de Nazaré.

Nós, que cremos na palavra desse homem, não fazemos do corte em nosso ser uma questão filosófica ou um problema metafísico. Procuramos ser menos pagãos e mais realistas. O corte é tão somente a incidência dessa palavra em nossa vida. Qual lâmina afiada, essa palavra nos desnuda e nos faz reconhecer-nos, aos outros e à história. E rompe os limites do círculo.

Assim como precisamos de ar para viver, fora de Deus não é possível subsistir. Aquele que não tem fé não o sabe, mas vive: Deus é amor e não há quem escolha privar-se de amor.

UM NOVO CREDO

Creio no Deus desaprisionado do Vaticano e de todas as religiões existentes e por existir. Deus que precede todos os batismos, preexiste aos sacramentos e desborda de todas as doutrinas religiosas. Livre dos teólogos, derrama-se graciosamente no coração de todos, crentes e ateus, bons e maus, dos que se julgam salvos e dos que se creem filhos da perdição, e dos que são indiferentes aos abismos misteriosos da pós-morte.

Creio no Deus que não tem religião, criador do Universo, doador da vida e da fé, presente em plenitude na natureza e nos seres humanos. Deus ourives em cada ínfimo elo das partículas elementares, da requintada arquitetura do cérebro humano ao sofisticado entrelaçamento do trio de quarks.

Creio no Deus que se faz sacramento em tudo que aproxima, atrai, enlaça, abraça e une — o amor. Todo amor é Deus e Deus é o real. Em se tratando de Deus, bem diz Rumi, não é o sedento que busca a água, é a água que busca o sedento. Basta manifestar sede e a água jorra.

Creio no Deus que se faz refração na história humana e resgata todas as vítimas de todo poder capaz de fazer o outro sofrer. Creio em teofanias permanentes e no espelho da alma que me faz ver um Outro que não sou eu. Creio no Deus que, como o calor do sol, sinto na pele, sem no entanto conseguir fitar ou agarrar o astro que me aquece.

Creio no Deus da fé de Jesus, Deus que se aninha no ventre vazio da mendiga e se deita na rede para descansar dos desmandos do mundo. Deus da Arca de Noé, dos cavalos de fogo de Elias, da baleia de Jonas. Deus que extrapola a nossa fé, discorda de nossos juízos e ri de nossas pretensões; enfada-se com nossos sermões moralistas e diverte-se quando o nosso destempero profere blasfêmias.

Creio no Deus que, na minha infância, plantou uma jabuticabeira em cada estrela e, na juventude, enciumou-se quando me viu beijar a primeira namorada. Deus festeiro e seresteiro, ele que criou a lua para enfeitar as noites de deleite e as auroras para emoldurar a sinfonia passarinha dos amanheceres.

Creio no Deus dos maníaco-depressivos, das obsessões psicóticas, da esquizofrenia alucinada. Deus da arte que desnuda o real e faz a beleza resplandecer prenhe de densidade espiritual. Deus bailarino que, na ponta dos pés, entra em silêncio no palco do coração e, soada a música, arrebata-nos à saciedade.

Creio no Deus do estupor de Maria, da trilha laboral das formigas e do bocejo sideral dos buracos negros. Deus despojado, montado num jumento, sem pedra onde recostar a cabeça, aterrorizado pela própria fraqueza.

Creio no Deus que se esconde no avesso da razão ateia, observa o empenho dos cientistas em decifrar-lhe os jogos, encanta-se com a liturgia amorosa de corpos excretando sumos a embriagar espíritos.

Creio no Deus intangível ao ódio mais cruel, às diatribes explosivas, ao hediondo coração daqueles que se nutrem com a morte alheia. Misericordioso, Deus se agacha à nossa pequenez, suplica por um cafuné e pede colo, exausto frente à profusão de estultices humanas.

Creio sobretudo que Deus crê em mim, em cada um de nós, em todos os seres gerados pelo mistério abissal de três pessoas enlaçadas pelo amor e cuja suficiência desbordou nessa Criação sustentada, em todo o seu esplendor, pelo frágil fio de nosso ato de fé.

Impressão e Acabamento:
EDITORA JPA LTDA.